Así es la vida, Lili

Valérie Dayre

3 9075 03881522 8

Dirección editorial: Elsa Aguiar
Coordinación editorial: Paloma Jover
Traducción: María Teresa Marcos
Cubierta: Ximena Maier

© Valérie Dayre, 2002
© Ediciones SM, 2008
Impresores, 2
Urbanización Prado del Espino
28660 Boadilla del Monte (Madrid)
www.grupo-sm.com

ATENCIÓN AL CLIENTE
Tel.: 902 12 13 23
Fax: 902 24 12 22
e-mail: clientes@grupo-sm.com

ISBN: 978-84-675-2691-2
Depósito legal: M-4.965-2008
Impreso en España / *Printed in Spain*
Gohegraf Industrias Gráficas, SL - 28977 Casaburruelos (Madrid)

El viaje de ida

DESDE que llegamos ayer, los encontré extraños. Como si estuviesen ausentes, como quien no quiere la cosa, con las miradas perdidas por los rincones, se dirigían a mí, después hablaban entre ellos.

Costó un buen rato quitarnos de encima el recalentamiento del coche; mamá insistía en abrir las ventanas, mientras papá aseguraba que era mucho mejor el aire acondicionado. Durante cien kilómetros, por lo menos, no hablaron más que de la temperatura y de ventanillas abiertas o cerradas, que ya habían sido abiertas, cerradas y vueltas a abrir, aunque después de tanto dudar, nadie sabía qué era mejor. Terminaron por pedir mi opinión. Eso les permitió cambiar de tema y refunfuñar, porque yo me encogí de hombros y continué contemplando el paisaje mientras aseguraba que me importaban un bledo las ventanillas.

Durante los cien kilómetros anteriores no se había planteado el problema. Habíamos salido temprano.

–Con la fresca –había dicho papá–. Las tres de la mañana es una buena hora. No habrá nadie en la autopista.

–¡Un bravo por tus previsiones! –le repitió mamá durante las tres horas, más o menos, que hicieron falta para alcanzar el peaje al ritmo de la caravana de veraneantes.

Después del peaje, la cosa no fue mucho mejor, a pesar de haber salvado el primer obstáculo.

Por fin llegamos al área de descanso a eso de las diez de la mañana. Me encanta esa expresión, «área de descanso».

Hacía ya un calor terrible, especialmente porque, cuando se circula a cuarenta por hora de media, las ventanas abiertas no refrescan demasiado.

Me he olvidado de contar que, cuando papá consiguió salirse con la suya, porque los tres estábamos como tomates y empapados, nos dimos cuenta de que el aire acondicionado tampoco funcionaba.

–¡De verdad que este coche...! –gruñó mamá.

–¡Díselo al fabricante! –le respondió papá.

Como estaba nervioso, embistió un poco el parachoques del coche de delante. Nada grave, puesto que avanzábamos a veinte por hora.

Nos apeamos todos. El conductor del otro coche llegó con su parte de accidente en la mano. Me percaté de que estaba molesto cuando tuvo que admitir que ni siquiera tenía una rozadura.

–Qué cosas, con esta caravana puede pasarle a cualquiera –le dijo papá con risa tímida.

Mamá ya había simpatizado con la señora de delante; se quejaban a coro de que los hombres no las dejaban ponerse al volante.

Yo, en cuanto vi las cabezas de los dos chicos del otro coche, volví a sentarme en mi sitio.

Tendría que haber terminado todo bien. Salvo que el tipo le pidió a papá que lo adelantase para «estar él en la retaguardia y no recibir nada por detrás». (Ahí se echó a reír de forma ordinaria.) En vista del riesgo de hacer «un buen trozo de camino, como quien dice, con nosotros pegados a su culo» (otra vez se rió burlonamente), prefería ser él quien descansase sobre nuestro parachoques.

–Lo mismo da –le respondió papá–, ya llevará a otro detrás de usted.

–Sí, pero puede que menos dormido –dijo el tipo.

Luego estuvieron intercambiando palabras a gritos, y gesticulando.

Yo ya no seguí escuchando. Mamá entró en el coche y la señora de delante se montó en la parte trasera del suyo con sus dos hijos. Mamá se volvió hacia mí:

–Lili, ve a decirle a tu padre que ya podemos continuar. ¿Qué es lo que pasa ahí?

Yo me bajé del coche y fui a ver a papá. Él y el otro seguían a gritos: todos los coches de detrás se habían puesto a darle al claxon con el pretexto de que se les estaba impidiendo avanzar. La verdad es que la autopista no tenía más que dos carriles en esta parte. Además, estábamos parados en la fila de la izquierda.

Gracias a papá no tuve necesidad de hacerme oír. Regresaba acalorado, los cabellos desgreñados. Se montó en el coche, cerró con un portazo e hizo zumbar el motor, en seco.

Yo me subí a toda prisa, pues me pareció que, en la excitación del momento, corría el riesgo de que se olvidara de mí.

Aunque el problema consistió precisamente en adelantar al tipo que iba delante. No había manera de doblar a la izquierda, aún menos a la derecha: los coches avanzaban despacio en una fila ininterrumpida.

–Bájate y haz que se detengan –le dijo papá a mamá.

–¡Así sin más!, ¿no? –replicó mamá.

Papá dio un buen puñetazo sobre el volante. Luego respiró hondo.

–Vale, tú conduces; yo me ocupo de todo –concluyó.

Se bajó. El conductor de delante exhibió su risueña cabeza por la ventanilla:

–¡Va a ser difícil! –le espetó a papá.

Papá puso cara de no prestar atención, aunque yo le oí murmurar una palabrota cuando pasó por delante de mí.

Se plantó en medio del carril derecho, un poco por detrás de nuestro coche, y levantó la mano como un agente de tráfico.

Mamá se deslizó hacia el volante.

Los cláxones de la fila derecha acabaron uniéndose a los de la fila izquierda.

A mamá se le caló el coche al embragar. Yo no creo que fuese culpa suya, el motor debía de haberse recalentado. Eso es lo que ella le dijo a papá cuando él regresó, muy irritado.

Los de la derecha retomaron su marcha, cobardemente. Todo volvía a comenzar. Fue necesario arrancar de nuevo, nada fácil, por cierto. Papá fue quien se ocupó de eso. Estaba cada vez más colorado.

Le devolvió el volante a mamá de muy mala gana y regresó a hacer de policía entre los egoístas de la fila derecha. Esta vez, mamá no desperdició la ocasión y aprovechó para adelantar al tipo de delante por la derecha. Pero cuando mamá quiso volver a la izquierda, de modo que aquel quedara detrás, le resultó difícil, la verdad.

—Un listillo —nos explicaría papá más tarde.

Justo en el momento en que mamá iba a cambiar de fila, después de haberlo señalizado con su intermitente, él se puso en marcha. Tal cual. Mamá estuvo a punto de embestirle por la derecha.

Fue entonces cuando escuchamos un alarido por detrás: nos habíamos olvidado de papá.

Ni hecho adrede, la circulación mejoró después de un minuto o dos. Puede que fuera porque habíamos obstruido los dos carriles. Delante de nosotros había unos trescientos metros de asfalto derretido. Trescientos metros sin vehículos.

Después de recuperar a papá, volvíamos a encontrarnos justo detrás del tipo de antes. No había hecho más que arrancar para avanzar tres o cuatro metros y estaba esperando, riéndose.

–No se va a colar así como así –aseguró papá.

Fue culpa mía sugerir que, puesto que estábamos en la fila de la derecha, podíamos continuar y dejar al tipo aquel a un lado, ni delante ni detrás. Papá se volvió hacia mí con gesto indignado.

«Había trescientos metros de vía libre delante de nosotros –le dije–, ahora cuatrocientos». Papá metió el embrague y el coche pegó un brinco.

Pero el tipo de delante embragó al mismo tiempo y los dos coches se encontraron haciendo el trayecto casi pegados el uno junto al otro.

–Un listillo, ese tipo –nos repitió papá.

En el otro coche, los chavales me sacaban la lengua y se burlaban de mí. Yo volví la cabeza. Era de idiotas. Los ojos me escocían, quizá estaba molesta o nerviosa. No lo sé. Tenía ganas de ver alguna cosa bonita. Miré por todas partes, pero no la encontré. La carrera no duró mucho tiempo. Ahí, papá «tuvo audacia», como dijo después.

El tipo ese frenó un poco antes que él, para no embestir al último coche del pelotón, y papá aprovechó para hacerle quedar mal. Mi padre volvió a encontrarse delante, y el otro detrás. Pero de golpe, como papá se había visto obligado a frenar rápidamente para no toparse con los coches que tenía delante, el tipo de detrás no tuvo tiempo de detenerse. Se nos echó encima.

Ahí es donde mamá tuvo su crisis de nervios.

En fin, estábamos delante, como el tipo había querido para que no le embistiesen su parachoques por detrás. Tan solo se le había aplastado el parachoques de delante.

Entonces, papá y él pudieron comenzar a redactar el parte de accidente. Yo traté de calmar a mamá; la señora del otro coche le trajo un vaso de agua. Fue amable. Ella no tenía crisis de nervios, aunque sí mala cara, como una lámpara apagada.

Los dos chavales rodaban por el suelo de su coche, como erizos. No se les veía ni se les oía. Vi a su padre volverse hacia ellos, justo antes de bajar del coche con el parte, y soltarles una bofetada a cada uno. Estuvo a punto de abofetear a su mujer de rebote, ya que también ella iba sentada detrás. Se detuvo a tiempo al verla tan apagada.

Mientras rellenaban los papeles se volvió a bloquear la circulación, evidentemente. Aunque las cosas terminaron por arreglarse: llegaron dos motoristas por el carril de urgencias y consiguieron colocar los dos coches a lo largo de la banda pintada de la derecha, y además se encargaron de redactar el parte, puesto que papá y el otro no se ponían de acuerdo sobre los daños. El tipo de atrás, ex delante, se negaba a compartirlos bajo el pretexto de que papá le había hecho una mala pasada, por la derecha además.

No sé exactamente cómo terminó aquello. Mamá se calmó.

Yo tenía más ganas que nunca de llorar. Cada vez sabía menos por qué.

Todo esto fue ayer, parece ya tan lejano... Había pasado un día, una noche. No eran más que historias muy corrientes, como mucho.

Después, todo cambió.

Mismo día por la tarde

A la hora de llegar al área de descanso, todo el mundo se había calmado. Papá había estado echando pestes un buen rato más, y a medida que iba reflexionando sobre ello, la humillación de haber tenido que soplar en el alcoholímetro le iba poniendo «filósofo», según repitió varias veces.

Esto no impedía que, cada vez que veía un coche que se parecía al de antes, apretara el acelerador para aproximarse a él. Por suerte, no volvimos a encontrarnos con aquel tipo; sin duda llevaba una buena ventaja. Nosotros aún seguíamos detenidos en el carril de urgencias.

En esta ocasión era culpa mía. Tenía ganas de vomitar. Estuve vomitando mucho rato. Papá echaba pestes, yo era la culpable de su «maldito retraso».

Así pues, llegados sanos y salvos al área de descanso de la autopista, nos bajamos los tres del coche sin aire acondicionado y con la trasera abollada (aunque podía abrirse el maletero sin problema), y todo iba muy bien.

Excepto que los dos tenían un comportamiento extraño, ya lo dije al principio; un comportamiento nada natural.

–¡Esto es grandioso! –dijo mamá–. Una auténtica ciudad.

Extrañamente emocionada, saltó sobre mí y me apretó entre sus brazos.

Papá posó sobre nosotras una mirada tierna, sobre mi cabeza una mano lacia, púdicamente tierna, y con voz ligeramente enronquecida (también él estaba emocionado) corrigió:

–Un auténtico pueblo, no una ciudad. Un pueblo. Y todo esto sobre un puente... ¡Todo esto suspendido! ¡Lo que son capaces de inventar hoy en día los arquitectos...! No se habla lo bastante de ello, pero dentro de trescientos años reconocerán en esto la quinta esencia del siglo veinte. Equivaldrá... ¡equivaldrá a Venecia!

–¿Cuándo me vas a llevar a Venecia? –le preguntó mamá, enganchándose a su cuello.

Me había soltado; no era yo quien la tenía que llevar a Venecia. Papá continuaba con sus observaciones.

–No sé siquiera si es necesario comparar un área de descanso de autopista con Venecia. El siglo veinte es tan apasionante que no intenta, al contrario que los siglos que lo han precedido, captar lo definitivo, lo bello de sus creaciones. Me gusta esa falta de pretensión, esa humildad del hombre ante la eternidad, con la que ya no trata de rivalizar. Al fin ha reconocido su pequeñez, su insignificancia. Nadie se atreverá nunca más a construir catedrales. Se contentarán con representar gestos, clamores que van a morir a la nada, ¡lo mismo que se esfuma la estela de un avión en el cielo!

Yo miraba a papá. Buscaba en su rostro indicios de la humildad, de la falta de pretensión que él alababa. No las encontré. Desvié la mirada.

Yo aún quiero construir catedrales.

–¿Cuándo me vas a llevar a Venecia? –repitió mamá.

Siempre agarrada a su cuello, dio una patada en el suelo y el talón de su sandalia se clavó en el alquitrán reblandecido por el sol.

–Pronto, pronto –le prometió papá ciñéndola por la cintura–. Puede que este invierno. Bluteau me ha pasado un folleto genial en la oficina. Unos precios estupendos.

Mamá estaba aguantando el pie en el aire. Se inclinó para arrancar su sandalia de la pringue negra y, galantemente, papá las levantó a ella y a la sandalia para trasladarlas a un lado, hasta un arriate cuadrado de césped.

–Venecia... –continuó mamá, soñando despierta, imitando una góndola junto a él.

A eso jugaban en este momento. Él canta *O sole mio* y ella se balancea cuchicheando sobre las copas de champán que les esperan en su palacio.

Mamá llama a eso «derecho a fantasear» y dice que por el champán, el palacio y las góndolas, montaría una revolución.

En clase me han dicho que la revolución se hace cuando no hay pan o libertad.

Mamá no debe de estar al corriente. Lo prueba que asegura haberla hecho, la revolución, cuando tenía diecisiete años. A menudo las palabras suenan falsas en su boca, o en la de papá.

–Por diversión –me explicó a propósito de su revolución–. Y por tener derecho a hacer el amor antes de casarse.

Y el derecho a que yo no venga a este mundo antes de que ella lo haya decidido. Yo siempre había creído que me había llevado en su vientre durante diez años, mientras bebía champán y lanzaba confetis.

–¡Mira que eres retrógrada! –me dice siempre.

Y papá añade en cada ocasión:

–Todos los niños son retrógrados. Unos pequeños conservadores horribles.

–Yo no sé si es lógico, pero son bastante más maduros que nosotros a su edad –responde mamá–. Mira a tu hija cómo contempla el mundo, cómo piensa en el futuro. Yo no sé si la hemos mimado demasiado o demasiado poco...

En momentos como ese me encuentro bajo el fuego cruzado de cuatro ojos sombríos y suspicaces. No, suspicaces no, curiosos, un poco como los ojos desorbitados de la profe de Biología cuando mira por el microscopio.

Tengo unos padres que se plantean muchas preguntas a mi costa.

Para acabar con esta historia de la revolución... no, ya reflexionaré más tarde. Decididamente, esto me pone nerviosa.

Mientras atravesábamos el aparcamiento, ellos seguían hablando de Venecia.

–Escucha –terminó por decir papá, suspirando–. Este año, el mar no está mal. Es lo que tú querías, ¿no? La playa, el agua tibia, sin hacer nada, sin preocuparse de nadie, sin pensar en nada...

Ellos adoran la idea de no pensar en nada, como si habitualmente pensasen mucho. No es que tenga yo esa impresión, uno se puede equivocar. En cuanto a lo de no preocuparse de nadie...

Mamá me miró, tosió débilmente y se descolgó del cuello de papá. Estábamos al pie de la escalera que conducía a la cafetería y a los comercios. El aire olía a alquitrán, a frito, a chicle. Hacía calor. Yo me enredaba en los papeles, los envases. Los coches de la autopista hacían un ruido ensordecedor, incesante.

Un pueblo, papá.

Dirigí la vista hacia el aparcamiento abarrotado de coches, a las bacas desplomadas bajo las maletas, las bicis, las tablas de *windsurf*. Las portezuelas se cerraban de golpe, la gente estaba acalorada, empapada y chillaba.

Mi mirada se detuvo sobre tres gruesos traseros embutidos en pantalones cortos de colores fluorescentes, con unas piernas grasientas y blancas debajo, pero nada sobre ellos. Quiero decir que esa gente estaba inclinada hacia el interior del coche. Un coche aparcado cerca de los escalones de la cafetería.

–Vamos, baja –decía una voz de hombre–. Ven a comer galletitas. Ven, gordito mío...

–Te dije que iba a ser todo un lío –berreó una mujer junto a él–. Sería más fácil acabar en Montrouge.

–¿Para que encuentre el camino de vuelta?

–¿Para qué sirve la Sociedad Protectora de Animales? ¡Ellos lo habrían recogido!

–Sabes muy bien que los cuidan un tiempo antes de ponerles la inyección. ¡Cuando no tratan de encontrar a los dueños!

–Podría dejarse atrapar por los que los venden para los experimentos –dijo el chaval que los acompañaba. Era un chico más o menos de mi edad–. Oye, mamá: el que cojamos en septiembre, que sea de otro color, ¿vale?

–¡Ante todo, de pelo corto! –exclamó la madre.

–La verdad es que este apesta –refunfuñó el hombre.

–¡No pensarás pagarle una sesión de lavado antes de marcharnos!

–En cualquier caso, nunca más de pelo largo. Cuando uno piensa en lo que nos han costado esas limpiezas... ¡No! Espera... ¡¿Qué te apuestas a que ese canalla se hace pis en el asiento?!

–¡El asiento no! –aulló la mujer–. ¡Las fundas nuevas!

Se hizo un silencio expectante y tenso. La mujer fue la primera en recobrarse. Aparentemente, la alerta había pasado.

–Bueno, ¿sacas o no sacas a ese chucho? Mira que eres indeciso –acabó diciéndole ella a su marido.

Ella se enderezó. El rímel le chorreaba por las mejillas. Se lanzó a paso marcial hacia el maletero, lo abrió y sacó una pelota de plástico abollada.

–¡Oh! ¡La pelotita, la pelotita! –canturreó.

También el chico se puso a gritar «la pelotita, la pelotita», y su madre se la lanzó. Él se la devolvió. Para no faltar a la fiesta, se les unió el marido. La pelotita. La pelotita. ¡Oh! ¡Qué bonita es la pelotita!

Ya no me ocultaban el interior del coche. Vi al perro sentado en el asiento de atrás, donde había hecho mal en no hacerse pis. Un gran perro negro. De pelo largo, era cierto.

Agachó la cabeza mientras miraba a los otros jugar a la pelota; tenía las orejas erguidas.

«Idiota –pensé–, va a salir».

Saltó fuera del coche y corrió para intentar interceptar la pelotita que se lanzaban sus dueños.

Y los tres se reían de ver al perro lanzarse en brincos increíbles, unos curiosos saltos mortales, el espinazo serpenteante.

Luego, el chico apuntó mal adrede y su padre fingió que no era capaz de responder al lanzamiento fingido. La pelota desapareció entre los coches aparcados, y de inmediato el perro, en su persecución.

Los traidores se volvieron a subir al coche en menos tiempo del que yo tardo en escribirlo. Tres puertas se cerraron de golpe, subieron las ventanillas, el motor vibró, los neumáticos rechinaron al arrancar.

El perro reapareció entre dos coches, deslizando la nariz sobre el asfalto caliente, en busca del juguete. Al ver a sus dueños en el coche, se paró en seco: las patas separadas, con aspecto de perro. Y cuando el coche arrancó, ladró una sola vez. A continuación, giró sobre sí mismo inspeccionando el suelo.

Lo vi aplastarse como una crepe y deslizarse bajo un motor. Inmediatamente salió de nuevo, la pelota en la boca. Entonces echó a correr detrás del coche, la pelotita bien apretada entre los dientes. Desde donde estaba yo, ya no se veía a sus dueños.

El perro corría.

Un coche se paró en seco delante de él, y luego una camioneta que llevaba una caravana frenó de igual modo detrás del coche.

Yo me asusté mucho, pero volví a divisar el corpachón del perro que se alargaba con la carrera. No ensangrentado sobre el asfalto del aparcamiento.

Miércoles, 1 de agosto

Cuando me volví hacia los escalones, no había nadie a la entrada de la ciudad suspendida. Para ser más exactos, ninguno de los que yo buscaba.

Me imagino la cara que pusieron los padres de Pulgarcito o los de Hansel y Gretel cuando vieron volver a sus hijos la primera vez: la cara de la gente cuando tiene hambre y frío, y ninguna esperanza de pasar un día sin hambre ni frío.

No era esa la expresión que tenían mis padres cuando me vieron de pronto al lado del coche. Mamá se puso roja y prorrumpió en carcajadas.

–¡Picarona! ¿Dónde te habías metido? Te estábamos esperando.

Que te crees tú eso. Después de la escalera de la cafetería, los vi colándose entre los coches, con la cabeza agachada para no llamar la atención...

Bueno, para no llamar mi atención, porque yo podía localizarlos solo con mirar a la gente del aparcamiento que bajaba la cabeza y que parecía seguir algo en movimiento por el suelo.

Di la vuelta por el otro lado, corriendo, para llegar la primera. Menuda broma. Ellos siempre me reprochan que no tengo sentido del humor.

Sin decir una palabra, me encaramé al asiento. Dos rostros preocupados quedaron enmarcados en la ventanilla abierta.

–¿Has hecho pipí, Lili?

–¿No tienes hambre, Lili?

–¿No te apetece ir a la tienda de allá a buscar algún chisme?

–¿Un disco?

–¿Una camiseta estampada?

–¿Un helado?

–¿Un yogur?

–¿Unas galletas?

–¿Una bolsa de patatas?

La pelotita; mientras tanto, ellos se quedarían allí.

Y mamá concluyó:

–¡Oh, tengo tanta sed...! ¡Y se me ha olvidado comprar una botella de agua! ¿Tú no quieres... Lili...?

Sacudí la cabeza y dejé de mirarlos. Me quedé callada. El corazón me latía a toda prisa. El asiento me daba calor y tenía ganas de orinarme encima, como un perro que está muerto de miedo.

Debí decirles que la próxima vez tendrían que escoger a una más tonta, una que se chupara el dedo. Les sería más fácil.

Jueves, 2 de agosto

He vuelto a ver al perro.

Está sucio, flaco y muy cansado.

Ha vuelto hoy. Si no, lo habría visto antes.

–¿Cómo estás? –le he preguntado.

–Débil.

–¿Tienes hambre?

–No demasiada.

–¿Has corrido mucho tiempo detrás de ellos?

No parecía sorprendido de que yo supiese lo que le había sucedido. Son así los perros.

–He perdido la pelotita. La dejé caer, pasaban montones de coches. No he podido seguirlos.

–¿Por qué has vuelto aquí?

Se sacudió de arriba abajo. Sus cuatro patas se separaron al resbalarse. Su barriga vacía casi tocó el suelo. Luego reunió sus patas, las cuatro, bien verticales, enormes, y parecía haberse olvidado de mi pregunta.

No insistí.

Tenía ganas de acariciarlo, de estrechar su cuello entre mis brazos. No me atreví, apenas nos conocíamos.

Viernes, 3 de agosto

El lunes no me oriné en el asiento.

Mis padres se alejaron del coche donde yo me quedé. Creo que estaban haciendo cálculos.

Yo los miraba. No entendía lo que decían, pero mamá tenía ese aspecto inquieto de cuando va a llorar porque «la vida le parece un sin vivir y el mundo no tiene nombre». Esas son sus palabras.

Ya veía venir el momento en que oiría exclamar a papá la palabra mágica:

–¡VENECIA!

Mamá se calmaría y ya no tendría ganas de llorar.

Hace dos años tenían otra palabra. Menos poderosa que Venecia; hacía falta repetirla dos veces para que surtiera todo su efecto: BORA-BORA.

Después de marcharse ocho días, a la vuelta «hacían» Bora-Bora; no se les oía hablar de otra cosa en las tardes más aburridas, cuando sacaban las diapositivas. Tuvieron que cambiar de palabra, «pues todo se gasta y se pasa, incluso los placeres», dice papá.

Sustituyeron los folletos de los cuartos de baño y los de encima de la mesa baja delante del sofá de cuero auténtico. Pasaron del sol y las palmeras a la bruma azulada de la laguna y a las máscaras de carnaval.

No les dije que tendrían que haber escogido a una que se chupase el dedo. Estaba sofocada y salí del coche.

Me dirigí a la cafetería.

Si ellos me hubiesen dicho algo, les habría respondido que iba a comprar una pelotita.

No me preguntaron nada... Les facilité las cosas, ni me di la vuelta.

No he ido a Bora-Bora.

No quiero que me lleven a Venecia.

Además, no tengo ganas de llorar.

Sábado, 4 de agosto

Hay mucha gente en el aparcamiento; prácticamente no se ha vaciado desde comienzos de la semana. Los coches dan vueltas durante horas buscando un sitio, y dentro de poco dos hombres estarán a punto de pelearse por coger el único rincón con tres rayas de sombra que da el álamo enclenque sobre el césped amarillento.

El perro y yo hemos estado sentados toda la mañana cerca de la caseta de bebidas y perritos calientes, a la sombra. El perro dormitaba, yo leía.

Ayer, Solange me dio un libro. Todos los días me da alguna cosa. Su primer regalo fue este cuaderno en el que escribo. Me dio el boli al mismo tiempo.

Al cabo de una hora, que pasé en su tienda, se dio cuenta de que no eran los caramelos lo que me interesaba. No prioritariamente. Sin embargo, me los dio.

Se preocupa por mí. Se siente responsable.

Yo estaba delante de su tienda la primera noche, cuando apagó las luces y bajó la persiana metálica.

Eran las once. Las 23.03, marcaba el reloj de pared con sus cifras formadas por pequeños puntos rojos luminosos.

–¿Qué haces ahí, pequeña?

Me entraron ganas de jugar a la sordomuda, como hacía con Sophie solo por reírnos de la cara de la gente por la calle. Pero estaba cansada y empezaba a tener hambre, y hacía tanto calor como durante el día.

Yo sentía que estaba a punto de venirme abajo, pero no quería que ella me llevase a ninguna parte, por gorda que estuviese con su vestido de flores y por amable que fuese su mirada.

–¿Dónde están tus padres?

Yo miré a mi alrededor.

Al otro lado del vestíbulo, tras los grandes cristales grasientos con rejilla y plantas de plástico, había montones de personas sentadas a las mesas, comiendo, con las caras amarillas o verdes según lo más o menos cerca que se encontrasen de los neones de color. Señalé las mesas con la barbilla.

–¿Están en el restaurante?

Dije que sí con la cabeza.

–¿Y tú has terminado de comer?

Hice una señal afirmativa.

–No deberías pasear sola. Esto es muy grande, te puedes perder. Vamos, hija, ve a reunirte con tus padres. Se van a preocupar.

Yo le sonreí, dando a entender lo agradecida que le estaba, e hice como que me dirigía al restaurante.

Cuando ella me dio la espalda y se agachó para echar el cerrojo a la persiana metálica, eché a correr a los lavabos.

Me quedé allí un rato.

Cada vez que alguien entraba, yo pulsaba el botón del secador de manos.

Aquella noche, la primera, dormí en el suelo, en uno de los servicios, el más limpio. Me despertó una mujer de la limpieza, que golpeaba las puertas con el cepillo de su escoba. Tuve el tiempo justo de levantarme, tirar de la cadena y salir sonriéndole a la señora.

Mamá dice que tengo una sonrisa de diablillo, y que debería exhibirla más a menudo para hacer más agradable la vida en casa.

Dejo de escribir. El perro acaba de despertarse. Tenemos que ir a buscar comida.

Sábado por la noche

Solange no cree que mis padres estén comiendo desde hace seis horas; solo supone que mi padre o mi madre trabajan en el autoservicio, y que me llevan allí todo el día porque no han encontrado una abuela con quien dejarme.

Es cierto que no han encontrado abuela. No la contradigo. Le daría pena, se preocuparía aún más.

Ella piensa que mis padres me tienen descuidada, así que hace todo lo que puede. Cada día me da alguna cosa. Dentro de poco voy a tener que pedirle una maleta para guardar sus numerosos regalos. Entre tanto, los escondo dentro de una bolsa de basura que le he cogido prestada del cuchitril de las escobas a una limpiadora. A menudo cambio la bolsa de escondite para que no llame la atención de nadie. Aprovecharían para hurgar entre mis cosas.

A mediodía, Solange me espera en su tienda. Yo llego, la saludo, discutimos y luego ella me pregunta qué es lo que hay en el menú de la cafetería. Todos los días hay los mismos platos, aunque ella siempre espera que haya cambios. Solange cree que se vive de la esperanza. Y como es golosa, su esperanza habita entre su lengua y su paladar. Ha decidido que mi padre o mi madre trabajan en la cocina, sé lo que se trae entre manos. No la he desengañado.

Por eso, a las once y media estoy en la cocina. Levanto las tapas y busco lo que huele un poco bien.

Como estaban convencidos de que iba de parte de Solange, se acostumbraron pronto a tenerme entre los fogones. Ahora me sonríen, bromean, me llaman «la chef», «la inspectora» o «la catadora».

Y todos me ponen algunos bocados de cada fuente en un plato. Yo lo degusto todo y digo si es bueno o no. Aunque aclaro que eso me abre el apetito. Alguno dice: «Es una buena enfermedad», y me sirven de nuevo del plato que más me ha gustado.

Cuando no encuentro nada suculento, echan un bistec sobre la placa plateada y humeante. En un santiamén me ponen el bistec en un gran plato lleno de patatas fritas.

Me instalo en una mesa del comedor. El perro me ha estado esperando. Los días más concurridos, él me guarda un sitio. Compartimos el bistec con patatas u otra cosa.

Pero me doy cuenta de que estoy contando un montón de cosas poco interesantes. Además, estoy cansada.

Lunes, 6 de agosto

He pasado un domingo horroroso.

Martes, 7 de agosto

No sé por qué he dejado de contar lo que estaba escribiendo anteayer.

Al perro le encantan las carnes en salsa. Aunque en tales casos los dos nos hartamos de hacer cochinadas y yo me pongo como un tomate hasta que él termina de relamer bien el plato que le pongo en el suelo, mientras Armelle está de espaldas.

Armelle retira las bandejas de las mesas y pasa el trapo para que caigan las migas. A mediodía. Por la noche está Claudine, que nos deja volver para cenar, al perro y a mí, sin que pasemos por glotones.

El perro come como un oso. Está menos flaco que el día que volvió de su maratón por la autopista.

Me ha pedido que lo lave si me parecía que olía demasiado mal. A mí me parecía que no, aunque sospecho que es algo coqueto.

He aprovechado el dispositivo de riego del pequeño arriate de césped que bordea el aparcamiento para restregarlo con champú. Yo también me he enjabonado de la cabeza a los pies. Ha estado muy bien.

Después me he cambiado. Me he puesto la ropa que me trajo Solange ayer. Demasiado pequeña para su hija, dijo; prefiere dármela a mí antes que a su sobrina, a la que no quiere mucho. Pero yo me he dado perfecta cuenta de que las bragas Petit Bateau incluidas en el paquete nunca han sido usadas por nadie. En una de ellas, Solange se había olvidado de quitar el hilo de plástico que sostiene la etiqueta.

Cuando me puse la ropa, Solange me dijo que le diera mi pantalón y mi camisa, con el pretexto de que una cosa estaba desgarrada y de que a la otra parecía a punto de caérsele un botón.

Al día siguiente, la ropa estaba limpia, planchada y remendada, y con olor a lavanda.

Mañana seguiré contando cómo es la vida por aquí, con detalle, porque me lo paso muy bien. Aquí. Sigo aquí desde hace nueve días. Mañana por la mañana a las diez, hará nueve días.

Todo va bien.

Miércoles, 8 de agosto

Esta noche ha habido una gran tormenta. El perro y yo hemos tenido que dormir dentro. Habitualmente lo hacemos fuera, para no escuchar la música que suena sin cesar. Preferimos el ruido de los coches.

Y el perro me da calor.

Yo también creo que le doy calor a él, mucho calor; aun así, se queda.

Con la luz eléctrica, las personas están muy feas, increíblemente feas. El perro y yo nos resguardamos junto a una pared, detrás de las jardineras de plantas de plástico. No hemos dormido mucho y hoy no hemos dejado de dormitar.

Al igual que el domingo, un tipo se ha inclinado sobre mí y ha empezado a decir:

–Tu perro parece simpático.

Y a extender la mano hacia el hocico del perro para demostrarme lo simpático que es el perro, y él también, y seguramente también yo.

¡Exactamente igual que el domingo, parece increíble!

Sin embargo, no era el mismo tipo. Aquel era más joven.

El perro, igual que el domingo, ha dado una dentellada al vacío, abriendo y cerrando las mandíbulas, lo justo para hacer comprender al otro que estaba completamente equivocado. Que no tenía nada de simpático.

–¡Si será malo! –ha dicho el tipo.

Se conoce que se había aprendido las frases a coro con el del domingo.

Entonces, yo me he puesto a tono y le he respondido:

–Sí, precisamente el domingo se comió a un tío. Uno más gordo que usted.

El tipo ha puesto sonrisa de papá comprensivo y no ha hecho más caso del perro, que por cierto ya pasaba de él.

–¿Es que llevas aquí desde el domingo? –me ha preguntado.

–Evidentemente –le he contestado–. Mis padres trabajan en el área de descanso.

Había puesto a trabajar a mis padres, a los dos; era más seguro. Es una suerte tener bien preparada esta historia cada vez que me molestan. El tipo se ha levantado (se había puesto en cuclillas para conversar conmigo) y ha echado una ojeada a su alrededor con una sonrisa forzada.

–Ah, bueno, bueno, vale, está bien. Está bien, bueno, vale... vale...

Y ya no estaba.

Lo mismo que el domingo. Al próximo tipo que se acerque, le voy a preguntar si se ha perdido y quiere que llame a la policía.

Jueves, 9 de agosto

En la cocina me toman por la hija o la sobrina de Solange, puesto que cada mediodía voy a buscar su plato. Le grito a la cajera: «¡Para Solange!». A esas horas, yo ya he comido, pero todos los días descubro sobre la bandeja una crema o un helado, o una tarta o *mousse* que no es para Solange; ella se priva del postre con la esperanza de adelgazar. Alguien de la cocina deposita el dulce, y la cajera se cuida bien de no incluirlo jamás en la cuenta de Solange. Lo tengo comprobado, pues los dos primeros días me daba vergüenza aceptar un postre de quien ya me colmaba de regalos, aunque eso me permite hacerle compañía durante su almuerzo.

Al perro no le gustan los postres. Si aún le queda sitio después de comer, se planta en el bar que hay afuera y espera a que a algún chaval se le caiga su salchicha. Eso no falla jamás. El niño siempre quiere recogerla, pero un adulto le dice: «¡Déjala, está sucia!», y todo el mundo se alegra de ver al perro lanzarse sobre ella.

Porque el despilfarro no gusta. Para evitarlo, existe la caridad, que puede que se inventara a propósito.

Gracias a la caridad recibí yo mi primera bofetada.

Fue algo después del gran terremoto en Armenia.

Mamá había visto unos reportajes, oleadas de imágenes en la tele; se quedó trastornada. Entonces, queriendo ayudar a las víctimas del seísmo, se puso a rebuscar por el apartamento para encontrar cualquier cosa que donarles. Se pasó así la tarde entera de un sábado.

Cuando papá volvió de su sesión de musculación, le costó trabajo abrir la puerta de entrada porque el pasillo estaba taponado con lo que mamá había encontrado para los armenios.

Allí estaban:

– sus ropas pasadas de moda, que ya no le sentaban bien o que ya no le gustaban;

– la batería vieja de cocina de hierro esmaltado blanco, abollada y con las tres cuartas partes de las cacerolas sin mango;

– las maletas de tela con las esquinas raídas;

– mis juguetes viejos;

– los juegos de mesa que ya no servían porque les faltaban piezas o cartas;

– servilletas desparejadas;

– los calcetines de papá con los elásticos dados de sí;

– sus corbatas viejas;

– su cazadora raída, que ya no tiene forro;

– un frasco de colonia pasada;

– unos guantes viejos con pompones;

– más pompones, aunque estos de color rosa-chicle y para protegerse las orejas en invierno (con esto, mamá estaba contenta porque, curiosamente, hacía frío en Armenia);

– mi manta de cama de bebé, tan raída que se transparenta.

Y muchas otras cosas de las que ya no me acuerdo. Sí, también había un frasco con unas gotas de mercromina y dos rollos de esparadrapo que ya no pegaba.

(Al parecer, habían sido muchos los heridos a causa del temblor de tierra.)

–Vamos a llamar a *SOS Armenia* para que vengan a recoger esto –explicó mamá al ver la cara pasmada de papá.

–Ah... –respondió él–. Seguro que es una buena idea.

Yo solté, de golpe:

–Más vale llamar a los basureros. Más que un donativo, parece un gran cubo de basura. Solamente donas lo que está para tirar. ¡Y no es esparadrapo lo que hace falta si la gente está aplastada debajo de las casas!

En el acto me gané una bofetada de mamá, que se fue en seguida a encerrarse en su habitación.

Me quedé estupefacta, conteniendo las lágrimas.

Papá me llevó al salón, me hizo sentar en el sillón. Allí, puso una expresión preocupada y seria para explicarme que seguramente mamá estaba muy cansada después de tanto trajín y que siempre estaba bien donar lo que se tenía.

–¿Lo que sobra y desde hace mucho tiempo se quiere tirar a la basura? –repliqué.

–Es todo un detalle por parte de tu madre no haberlo tirado, ya que eso puede servir a otros.

–La mayor parte de estas cosas son inservibles.

Ya no continué. La voz me temblaba demasiado.

A la mañana siguiente, el domingo, cuando me levanté, mamá estaba cantando en el pasillo mientras hacía los paquetes. Había bajado al supermercado que abría los domingos por la mañana a buscar cajas para guardar sus donaciones.

Había dos pilas, dos columnas altas, casi hasta el techo. Había que esperar hasta el miércoles por la tarde para que dos señores de la asociación *SOS Armenia* del barrio vinieran a buscarlos.

–No les corre mucha prisa –dijo mamá, nerviosa–. Cuando pienso en la lata que nos están dando con su situación de urgencia...

Y yo la veía poner una expresión cada vez más siniestra cada vez que pasaba por el pasillo obstruido.

Por fin llegaron. Efectivamente, la situación era «de urgencia», pero le explicaron amablemente a mamá que tenían mucho que hacer esos días, y que ella no era la única en querer participar del esfuerzo internacional.

Al escuchar esas palabras, «esfuerzo internacional», mamá se ruborizó ligeramente de placer, y dijo, algo confusa, que no era grave que le hubiesen dejado su pasillo obstruido,

¡puesto que al menos ella aún tenía la fortuna de tener un techo!

En pocas palabras, todo sea «por lo mejor en el mejor de los mundos... posibles». Mi abuelo citaba esa frase a diario. Decía que era Voltaire quien la había escrito, que era irónica.

Ahora, el abuelo ya no está aquí, y ya nada funciona en el mejor de los mundos... posibles.

En pocas palabras (bis), cuando los dos tipos de *SOS Armenia* vieron las dos pilas de cajas, preguntaron:

–¿Qué es esto?

–Un montón de cosas –respondió mamá–. Ropas de abrigo, una vajilla, medicamentos, alimentos.

También había encontrado al fondo de la placa de cocina una docena de botes de conservas (patés, fruta en almíbar, espinacas); el tipo de provisiones que se compran regularmente para esas noches en que no hay nada previsto para cenar, para «salir del apuro». Solo que siempre se encuentran cosas mejores. Sobre todo en nuestra casa, puesto que tenemos el congelador atiborrado de cosas mucho más apetitosas que los botes de paté.

Cuando llamaron al timbre los señores, yo me escondí en el cuarto de baño y dejé entreabierta la puerta que da al pasillo, para no perderme nada de la conversación.

Al oír a mamá transformar su revoltijo en «ropas de abrigo y medicamentos», estuve a punto de gritar que no era verdad.

En cualquier caso, los dos tipos debían de haber aprendido a desconfiar después de una docena de días recolectando las donaciones de las gentes con corazón.

–¿Se puede ver? –preguntó uno de ellos.

La voz de mamá subió tres tonos en la escala del agudo.

–Entonces, ¿lo he embalado todo... correctamente, por categorías, para que vengan ustedes a deshacerlo? ¡Háganlo en su casa!

Ellos insistieron.

En el cuarto de baño, yo tuve que ponerme las manos sobre la boca para sofocar la risa.

Tras abrir tres cajas, los dos señores no hicieron comentario alguno, pero hubo un largo silencio en el pasillo.

–¿No prefiere hacernos un cheque? –preguntó el hombre. Siempre hablaba el mismo.

–¡Ah! ¡El dinero! –replicó mamá en un tono algo tenso–. ¿Solo cuenta eso? ¿Y lo que se da de corazón?

No prosiguió. No sé si ella misma se contuvo o si ellos le indicaron por señas que no merecía la pena.

Entonces, aquel cuya voz yo aún no había escuchado dijo con calma:

–Da igual un cheque pequeño. Lo que usted nos pueda dar. Cincuenta francos...

Luego, no me atrevo a decir cómo, los despachó para seguir con su «colecta», como decía ella. Ya no volví a escuchar sus voces; la puerta se cerró en sus narices.

Y ahí, yo sentí vergüenza.

Las cajas se quedaron en el pasillo durante un mes. Con todo, al hallarse próximas las Navidades, mamá aseguraba que habría suerte, ya que alguna organización humanitaria vendría a buscarlas.

Hizo un montón de llamadas. Lo intentó con todo: el Tercer Mundo, el Cuarto Mundo («nosotros también tenemos pobres», recordó), también el mejor de los mundos, seguramente, y otros más. Nadie tenía tiempo de venir; ella estaba harta.

Una mañana, muy temprano, terminó llamando a la puerta un chatarrero.

Después de echar una ojeada dentro de las cajas, le pidió mil francos a mamá.

–Compréndalo, no hay nada de provecho en este revoltijo. Está todo para tirarlo al vertedero. Y yo me ofrezco para tirar estas porquerías.

Mamá le hizo su cheque.

–Podrías haber dado tu cheque para Armenia. Aunque fueran cincuenta francos, les habría parecido bien... –le dije yo después.

–¡Aunque les hubiese dado un millón, tampoco se habrían llevado las cajas!

Cuando papá le preguntó cómo habían desaparecido por fin las cajas, ella concluyó:

–Se terminó la caridad.

Estaba disgustada, aunque al final añadió que no se arrepentía de haber pagado por descubrir que ya no había forma alguna de darle utilidad a aquello.

Esto no impidió que la tarde de Papá Noel, cuando la señora de abajo, borracha perdida, subió a nuestra casa porque su marido, también bebido, la había dejado afuera, mamá le dijera que no podíamos acogerla: ya teníamos a toda la familia en la casa, mis tres primos se quedaban a dormir y, francamente, el apartamento era demasiado pequeño. Le indicó dónde estaba el albergue de acogida, tres calles más allá.

–Apestaba –soltó mamá cuando la vecina se marchó.

Mamá entiende mejor lo que ve en la televisión que lo que ve en la vida real...

Y es que la pantalla no deja pasar los olores.

A esta señora no la habíamos visto jamás, aunque sí la habíamos oído. A veces, ella y su marido gritaban, discutían y luego no se escuchaban más que golpes secos y lamentos apagados.

Papá y mamá los telefonean para que hagan menos ruido: «¡No se viene a vivir a un inmueble de cierta categoría para soportar esto!».

Aquella noche de Navidad también vomité, y mamá me regañó: seguramente había comido demasiado chocolate.

No sé si me habría gustado que la vecina se quedara en nuestra casa. Olía mucho a vino, es cierto. Sus ojos se posaban sobre las cosas y la gente sin verlas; ni siquiera el abeto, que resplandecía, los atrajo por un instante.

Creo que a todos nos daba un poco de miedo, como si ella nos estuviera amenazando... ¿Como si nos amenazase con qué?

¿De qué estaba hablando yo, antes de todas estas historias?

Ah, sí, del perro y los perritos calientes.

El perro, ya lo he dicho, se come las salchichas que se les caen a los niños. Están sucias y los padres les prohíben recogerlas.

Además de ser torpes y obedientes, me explicaba el perro, los niños tienen la ventaja de no ponerle mostaza a sus perritos calientes. Le parece bien comer un «perro caliente», porque sabe que no es más que un estúpido nombre que le han puesto a un trozo de pan relleno de salchichas, aunque a él no le gusta la mostaza.

Lunes, 13 de agosto, por la tarde

No he escrito nada en mi cuaderno desde el jueves. Ya tuve bastante con contar los recuerdos de cuando vivía con mis padres. Me gustan las anécdotas que despiertan emociones. No las rechazo, aunque a veces me hacen llorar.

El domingo sucedió otra cosa desagradable. Perdí la bolsa de plástico donde guardaba todas mis cosas. De hecho no sé si la he perdido, si me he olvidado del escondite donde la puse o si alguien la ha descubierto y la ha cambiado de sitio. Resumiendo, en lugar de encontrarla en la tercera jardinera con flores de plástico de la cafetería, la he recuperado en los lavabos, colocada encima del tabique que separa dos váteres.

Lo que más me inquieta es que no puede ser una broma del perro. Él podría haber cogido la bolsa de la jardinera de flores artificiales, pero no ponerla en lo alto del tabique. Él afirma no haber visto a nadie con mi bolsa de plástico. Tendré que poner más atención de ahora en adelante.

Lo cierto es que, después de haberla encontrado, releí todo el diario. Me pregunté qué habría pensado la persona que lo halló por casualidad. Entonces me he dado cuenta de que no contaba más que cosas bastante desagradables sobre mis padres. No sé lo que me ha pasado; tengo recuerdos muy agradables de ellos, incluso recuerdos tiernos.

Para ser justa, debo contarlos también. Solo que no sé por dónde empezar. Pensaré en ello. Y ya que voy más o menos por la mitad del cuaderno y por la mitad de mis vacaciones, la segunda parte de mi diario será toda para decir lo mucho que mis padres me quieren y cómo los quiero yo. Debo reflexionar para no escribir más tonterías.

Lunes, 13 de agosto aún, por la tarde

Mi segundo domingo en el área de descanso ha sido casi tan horroroso como el primero.

Solange no trabaja los domingos, salvo, según me ha explicado ella, cuando hay mayor afluencia. Por ejemplo, abrió su comercio el domingo 29 de julio, la víspera de mi llegada.

En cierto sentido, prefiero que Solange no venga hoy. Se asombraría de verme.

El sábado por la tarde, mi segundo sábado ya, me hizo un montón de preguntas. Solange jamás es indiscreta; por esa razón lleva tanto tiempo tratando de averiguar algo más sobre mí.

He acabado diciéndole que era mi padre quien trabajaba en la cocina. Por si acaso le entraban ganas de conocerlo, he añadido que era extranjero y que no entendía más que serbocroata. Estaba segura de que ella no sabría serbocroata.

También le he explicado que tenía problemas y que él preferiría que nadie le fuese a hablar de mí.

Que yo le estorbaba. Mamá, que es francesa, me dejó en su casa el 31 de julio para irse a Venecia.

Mientras me escuchaba, a Solange se le llenaron los ojos de lágrimas.

Yo estaba molesta y avergonzada.

Para consolarla, le expliqué que mi padre también libraba el domingo, que iba a llevarme de paseo todo el día, y al restaurante, luego al cine, luego otra vez al restaurante y después de nuevo al cine; que tenía un padre muy bueno, a pesar de sus manías; que yo no lo conocía muy bien porque él jamás había vivido con mamá y conmigo, pero que, después de todo, nos las arreglábamos, que comíamos aquí, que dormíamos en su casa, en la ciudad, donde yo tenía una cama para mí encima del canapé; que el único problema era que él no tenía lavadora, que por eso era muy amable por su parte haberme devuelto la ropa limpia y remendada. Añadí ese detalle para hacer honor a la verdad y también para que Solange continuara ocupándose de mis prendas.

Solange dejó de llorar y me aplastó contra su gran pecho mientras me decía que era una niñita adorable, que mi papá no sabía la suerte que tenía y que me tenía bien merecido pasar un bonito domingo.

Lunes tarde, más tarde, por la noche

Perdona, Solange.

Siempre he vivido con un padre. Y con una madre. Los dos tienen trabajo, dinero suficiente, amigos, vacaciones, ilusiones. Hablan francés, tienen una lavadora pequeña, e incluso una señora que viene a hacer limpieza y a planchar.

Se marchan de vacaciones un mes en verano y una semana en invierno. El 31 de diciembre, mamá levanta su vaso por los meses decimotercero y decimocuarto, que no existen pero que les han pagado, y por el tiempo que pasa pero sin hacer demasiados estragos. Papá le regala un bolso o un perfume. Les encantan las fiestas y los viajes al extranjero.

Están contentos de tener una hija, pues así dejarán una huella de su paso por la tierra, como un trozo de eternidad.

He aquí algo agradable que puedo decir sobre ellos.

Perdona, Solange.

¿Quieres adoptarme?

Martes, 14 de agosto

Debo decir otra cosa sobre mis padres. Jamás me han pegado. Yo sé que hay niños maltratados, martirizados, torturados. Yo, lo peor que he recibido es una bofetada.

De hecho, este año mis padres tuvieron problemas, unos «contratiempos», por la preparación de las vacaciones.

En el último minuto, hubieron de recorrerse todas las agencias para encontrar un alojamiento. Finalmente consiguieron un estudio minúsculo a orillas del Mediterráneo, en una urbanización de esas que crecen como las setas. Una pieza única, doce metros cuadrados; para el año que viene, sería con vistas al mar. Y han conseguido alojamiento «porque alguien ha renunciado en el último momento... ¡Seguro que es una cosa horrorosa!», lloriqueó mamá.

Papá la consoló:

–¿Qué se le va a hacer? ¡Te pasarás todo el día en la playa!

–¿Y por la noche?

–Por la noche saldremos.

–¿Y la pequeña? –preguntó mamá.

En seguida adiviné que la solución «cama supletoria» propuesta en el contrato de alojamiento no les agradaba más que a medias.

Estaban rendidos, agotados de todo el año. Por si acaso yo no lo entendía bien, me lo hacían saber a diario. Tenían «necesidad de reencontrarse, de aprender de nuevo a amarse» y un montón de cosas incomprensibles, a las que yo prestaba cada vez menos atención a medida que se hacía evidente que mi presencia sería una molestia.

Las quejas se iban acumulando. Yo me mostraba más dócil que un cordero.

Una tarde, se me ocurrió una idea.

Hacía dos días que yo no había abierto la boca. Estábamos en julio. Yo salía a pasear o pasaba en casa gran parte del día. Por la tarde hacía la compra, leía, escribía a Sophie y a Jean. Me convertí en «una hija muy responsable» con «la perspectiva de entrar en cuarto con un año de adelanto», afirmaba papá. Por la mañana, mamá me dejaba dinero para comprarme libros, caramelos y pagar la entrada a la piscina.

Así pues, una tarde dije:

–¿Y la colonia de verano?

Mis padres se miraron. Estábamos a 22 de julio.

Al día siguiente, mamá volvió de la oficina con ojeras.

–Demasiado tarde –le anunció a papá, que había vuelto más temprano y había ido corriendo a abrirle al oír el ascensor–. ¡He llamado a cincuenta sitios! Está todo ocupado. ¿Qué más les da un niño más?

–Muy propio de ellos –afirmó papá.

Acababa de pintarme un dorado panorama de la colonia donde pasaría unas vacaciones maravillosas, un maravilloso mes de agosto:

–¡Sin tus padres! ¡Montones de compañeros! ¡Deliciosas veladas!

Yo estaba hasta las orejas.

Añadió:

–¡Con el dinero que estábamos dispuestos a pagar!

–Y sin vacantes a la vista –murmuró mamá.

–Evidentemente. Da igual que un chico se ponga enfermo, los padres están tan contentos de habérselo quitado... –me miró de reojo y palideció–. Quiero decir... están tan contentos de que aproveche el aire puro, de ofrecerle la oportunidad de convivir en grupo...

Yo no dije nada. Sophie sabía desde el mes de marzo que iría a una colonia este verano.

Me recriminaron que se me podría haber ocurrido antes aquella idea, y que era la primera vez que yo expresaba el deseo de ir de vacaciones sin ellos.

«Expresar el deseo» es una de las expresiones favoritas de mamá.

Solange, aquí todo va bien, sobre todo gracias a ti. Pero paso unos domingos horribles, incluso más horribles que en casa.

En fin, no queda más que uno, y no será hasta dentro de cinco días.

El domingo próximo, ya veré.

Me meteré en mi rincón, con el perro, y no me moveré. El perro no hará preguntas, pero me las arreglaré para que se quede conmigo.

El primer domingo, cuando regresó de su paseo por el campo, creo que le dio un poco de vergüenza haberme dejado sola toda la tarde. Me tendió tímidamente una pata. Yo lo cogí entre mis brazos y estuve llorando hasta que me dormí. Aún pasamos la noche fuera, lo prefiero. Dentro, la gente no deja de molestarme. Y Solange no está allí para velar por mí, aunque sea desde lejos.

Dentro huele fatal, a plástico viejo, a lejía y a crema solar. Fuera huele a gasolina, a los gases de los tubos de escape, a frituras rancias que se descomponen por los rincones.

Aquí los olores son siempre los mismos. Y tan fuertes, que hasta el césped recién regado no huele a nada o, si acaso, a los litros de pises de perro que la lluvia no ha venido a llevarse, ni a diluir.

Perdona, perro.

Miércoles, 15 de agosto

Solange, estoy aquí en la colonia de vacaciones. La postal que me has dado esta mañana, que representa el área de descanso, se la he enviado a mis padres a nuestra dirección. He escrito:

Recuerdo de la autopista
donde estoy pasando
unas maravillosas vacaciones.
Vuestra querida Lili.

Hay incluso un buzón de correos en la ciudad suspendida por encima del asfalto.

Y cabinas telefónicas. No estamos aislados del mundo, ni mucho menos. Estamos justo en medio del mundo.

Jueves, 16 de agosto

Hace poco, el perro estaba sentado en el talud de césped que desciende hasta la autopista. Se le movían las orejas a su pesar; se encogían, se erguían, agitadas por un estremecimiento incesante.

Luego se ha puesto a gemir, a bailotear sobre una y otra pata, sin levantar los cuartos traseros, que también le temblaban. Se diría que iba a pegar un brinco, a echar a correr como un galgo para atravesar los ocho carriles de la autopista.

Él no sabía que yo estaba muy cerca, detrás de él, que lo estaba viendo.

Si lo hubiese sabido, no se hubiera atrevido a temblar, a tensar sus suaves orejas y a esperar. No hubiese gemido como hace a veces de noche, cuando por casualidad se acallan los ruidos (solo unos minutos). No pasa ningún coche, nadie se mueve, ni siquiera ronronean los surtidores en la gasolinera.

Ese silencio me despierta. Son los únicos instantes en que de verdad es de noche, aunque realmente no lo es, pues las grandes farolas de color naranja no se extinguen hasta el alba, y los neones blancos de la gasolinera proyectan una mancha blanquecina sobre el aparcamiento. Es en esos momentos cuando el perro me deja para ir a lamentarse. Yo voy a buscarlo.

Él brinca sobre mí, me lame y echa a correr para que yo lo atrape. Muchas veces corremos, de noche, por el aparcamiento, por el escaso césped, alrededor de los camiones con cabinas negras, dormidas.

Ningún transeúnte nos ha preguntado jamás nada. ¿Acaso no estamos de viaje, como los demás?

Después de esas carreras, el perro se apacigua. Le parece bien que volvamos a acostarnos y yo me acurruco de nuevo cerca de su calor suave, la cabeza encima de su costado palpitante.

Así que lo he llamado hace un momento. No me gusta que se sienta mal, que se apaguen sus ojos marrones o que brillen demasiado como si estuviese llorando.

He gritado «¡Perro!» tres veces, antes de que se dignara a oírme. Por fin ha vuelto la cabeza, aunque no se ha movido. Soy yo quien ha ido a sentarse a su lado encima del talud.

–¿A qué día estamos? –me ha preguntado.

–A dieciséis.

Me he quedado callada; pero, después de un rato en silencio, no he podido evitar añadir:

–De todas formas, es demasiado pronto. Solo estamos a mediados de mes.

Me reprocho haber estado demasiado brusca, y he posado mi mano sobre su cuello, su cuello duro y musculoso, donde los pelos se hacen nudos. Me apetecía hacerle unas preguntas, pero me daba apuro. Estuve mucho rato pensando cómo formularlas para que no resultaran ofensivas.

–¿Te gustaría volver con ellos?

Él hizo como que encogía sus hombros de perro y volvió su hocico contra el viento. Las aletas negras de su nariz, frescas, brillantes, estremeciéndose.

Luego, como si no hubiese comprendido, ha dicho:

–Soy un perro.

Yo no he discutido. ¿Ser perro es una explicación?

Como yo no quería que estuviese triste, ni que nos pasáramos todo el día amargados, tumbados al sol demasiado fuerte, le he propuesto que vayamos mañana a ver el otro lado, pasando por el restaurante y los comercios suspendidos.

El perro me ha mirado con sus ojos de perro. Le gusta que le diga lo que haremos por la tarde o al día siguiente. Le basta con cualquier cosita para no plantarse sobre el talud a gemir y a escuchar con atención más allá de los ruidos del mundo.

Viernes, 17 de agosto

Temprano, por la mañana.

Con las monedas que he encontrado en el suelo desde el comienzo de la semana, me he podido permitir un chocolate en la máquina automática; además, le he comprado un cruasán al perro.

Así pues, todo iba bastante bien.

No tendría que haber ido a saludar a Solange cuando ha llegado para levantar su persiana metálica.

Solange me ha informado de que no hay nadie entre la gente que trabaja en la cocina que hable serbocroata. He notado cómo se me ruborizaba toda la cara y me he largado.

Era mentira, Solange. Dije serbocroata para que fuese un extranjero de verdad, un extranjero de lejos, uno auténtico. En la cocina trabajan dos vietnamitas y un árabe, pero no me habrías creído.

Sábado, 18 de agosto

No he visto a Solange después de ayer por la mañana.

Tenía una buena razón, ya que el perro y yo nos fuimos de excursión al otro lado de la autopista.

El perro se quedó muy defraudado, evidentemente.

El otro lado es exactamente igual a este.

Por otra parte, hay que poner mucha atención para no equivocarse. El Norte y el Sur, la derecha y la izquierda, todo está patas arriba. Apenas siguen en su sitio la parte alta y la baja. Para volver a encontrar la esquina por donde uno ha venido, primero hay que recordar al llegar en cuál de ellas se encuentran las paredes de vidrio. A continuación, se retoma el corredor suspendido en el sentido contrario.

Es complicado.

Nada que decir de la distribución de los árboles, los surtidores de gasolina y de los juegos en cada aparcamiento: exactamente iguales a los dos lados. Un espejo.

Por suerte, están los rostros de la gente para reconocer el lado al que pertenecen. Y es más, todo depende de la gente. Además, Solange no existiría, que más da el lado. Yo estaría tan bien en el lado de la ruta norte como en el de la ruta sur.

Bueno, aunque a Solange yo la reconocería sin problemas en cualquier sitio. En cambio, la chica del estanco lleva en la cabeza un estropajo rubio exactamente igual al de la chica del otro lado. Y exacto al de la chica que sonríe como una tonta en los titulares de los telediarios de esta semana. Esa no se mueve, está congelada en el papel, ese es su distintivo.

Los olores también son los mismos, excepto que me he dado cuenta de que la limpieza es peor que la de mi lado. Te encuentras colillas y papeles debajo de los asientos de plástico pegajosos y encima del poyete de las cabinas telefónicas. En mi lado, más de una hora, jamás.

La señora Simao parece estar allí día y noche persiguiendo detritus.

Cuando pasamos cerca de ella el perro y yo, se queda mirando fijamente las patas del perro para ver si dejan huellas. Entonces, el perro baja las orejas, estira el espinazo y se pone a bailar mientras camina, como un caballo de circo. Levanta bien alto y deprisa las patas, como si esperara que la humedad y el poco barro que lleva debajo no tuviesen tiempo de depositarse en el suelo.

Tiene suerte: en los diez días, jamás ha dejado caer una gota.

De todas formas, las baldosas están siempre tan limpias porque la señora Simao, cuando ha terminado con una zona, vuelve a la que ha limpiado como mucho un cuarto de hora antes. Me parece que la señora Simao no tendrá jamás tiempo para irse a Venecia.

Hoy, el perro ha intentado llevarme de nuevo al otro lado. He dicho que no. Creo que le gustaría instalarse allí. Ahora, todos los días me pregunta por la fecha; pronto será la hora. Yo no tengo reloj. Él no tiene más que mirar el reloj de pared.

Me ha irritado tanto esta mañana, que me he enfurecido.

–¿Por qué quieres ir al otro lado?

Me ha mirado desde lo alto, como si hubiera hecho la pregunta más idiota del mundo.

–Porque soy inteligente –se ha callado un instante; sin duda esperaba que yo le contestase–. Soy inteligente –ha repetido–. Puede que ellos piensen que los he estado esperando, aunque estarán convencidos de que los espero en el sitio exacto donde me dejaron.

Siempre me había callado, aunque estaba deseando decirle que sus horribles dueños de la pelotita ya no pensaban en él, que él había dejado de existir para ellos en el instante en que las puertas del coche se habían cerrado.

–Ellos no se esperarán que los encuentre al otro lado, donde se detendrán a la vuelta.

Como yo no respondía nada, ha precisado:

–Tengo inteligencia de perro.

Pobre perro, me da pena su testarudez.

–De todas formas –le he dicho–, no estamos más que a 18.

–No se marchaban el mes entero.

Cuando empezó, hace ya algunos días, a no poder quedarse quieto, yo confiaba en que esperaba a sus dueños para devorarlos. A los tres. Más su indiferencia y su necedad: eso suma cinco. Más las fundas nuevas: igual a seis.

Pero sé que no tiene tanto apetito. ¿Alguna vez se ha visto a un perro vengarse de los que lo han abandonado?

Una vez me contaron la historia de un perro cuyo dueño lo había llevado al centro de un lago para ahogarlo. El dueño tiró al perro al agua, pero mira por dónde que, con el impulso, cayó él también. No sabía nadar. De repente notó que lo sacaban del agua, que lo devolvían a la barca. Lo había salvado el perro. Y los humanos se echan a llorar cuando ven a un perro dándoles una sencilla lección de humanidad.

Yo me pregunto si le quedaron ganas al dueño de ahogarlo después.

Por fin, el perro me ha mirado con curiosidad.

–¿Y tú? –me ha preguntado de golpe–. ¿No vas a ir a esperar al otro lado?

Domingo, el tercero

Nada va bien. Creo que voy a acabar de llenar hoy mi cuaderno. Para estar tranquila, me he instalado detrás de la estación de servicio. Huele a gasolina, pero estoy mejor aquí que en otra parte. Nadie vendrá a buscarme a este lugar. Excepto el perro, puede. Se ha marchado al otro lado. Yo creo que no va a volver. No quiere perderse el regreso de los otros. Nos hemos enfadado.

A los dos nos ha resultado difícil enfadarnos. Él no me tenía más que a mí, yo no le tenía más que a él. Así era.

Solange es distinta. Y también estoy enfadada con ella. Basta, que voy a llorar como un bebé. Idiota.

Tanto peor. Que el perro se quede como un perro y Solange, como una Solange. Me cansan. El perro esperando. Solange está molesta, cree que le he mentido por gusto. El perro queda como perro porque se cree inteligente. Solange queda como una Solange porque me cree malvada y cree que la he tomado por tonta. Debe de ser lo que llaman amor propio.

Si estuviera en la colonia, escribiría en seguida a mis padres para que viniesen a buscarme. Yo no tendría amor propio. Hoy no siento nada de amor. Por nadie. No sirve de nada sentir amor por los que no están ahí. Y aquí, los que están ahí se quedan suspendidos sobre la autopista buscando a qué lado ir para que su vida cambie algo.

Como si el sentido de la vida dependiese del sentido del camino.

El perro no es, ni mucho menos, inteligente. Si estuviese aquí conmigo, se lo diría todo a las claras. Lo que hace no es más que una artimaña de esclavo para recobrar los favores del dueño.

Y yo no siento nada de amor en absoluto.

No creo que quiera a mis padres. Estaba con ellos porque era pequeña y ellos me eran útiles. No podía desenvolverme sin ellos. Pero acaban de demostrarme que ya soy lo suficientemente mayor como para estar sola. Útiles: eso es lo que eran.

Cuando eres pequeño, necesitas encontrar una razón que explique por qué no te pareces a tus padres. A menos que pienses en la adopción. Eso casi resulta tranquilizador.

Después, hace falta tener coraje para no encontrar una razón. O decirse que es porque los padres no se parecen a nada. O que se parecen al mundo.

Ese mundo que siempre parecen querer hacer que me crea, hasta la indigestión.

Se parecen al mundo. No todos. Lo sé. Hablo de los míos. Los padres de Sophie y los de Jean se parecen a otra cosa. Agradables, tranquilos graciosos, inteligentes (no como el perro, sino de otra manera). Debería pedirles que me adopten.

Para empezar, debería ir a la policía y declarar que he perdido a mis padres.

Llegué hace tres semanas.

El coche cayó dentro de un pantano y desapareció. No le he dicho nada a nadie: me quedé traumatizada. Solange podrá atestiguarlo: tan traumatizada, que me he inventado cosas increíbles para convencerme, sobre todo a mí misma, de que mis padres seguían estando cerca, en el restaurante, en la cocina.

Organizarán búsquedas.

Yo me habría olvidado del pantano cenagoso. Y, en caso de que lo reconociese, sería tan profundo y tan denso que no se podría colocar una grúa ni enviar a ningún hombre rana.

¿Que cómo sucedió?

Yo me había bajado del coche para hacer pipí. El coche estaba al borde del pantano y, de repente, vi que se deslizaba y se deslizaba, hundiéndose en la blanda orilla.

Solange se sentirá muy avergonzada por no haber adivinado el drama al que asistí, incapaz de salvar a mis queridos padres.

Me estrechará contra su robusto pecho y sollozará desconsolada, pensando en todos los domingos y todas las noches que no se quedó en el área de descanso para velar por mí.

No, mejor: ¡los asesinaron!

Lunes, 20 de agosto

Como estuve pensando en mi historia acerca de la desaparición de mis padres, se me pasó el domingo mucho mejor que los otros. Incluyendo la ausencia del perro.

Los asesinaron.

El asesino llevaba una máscara de verdugo y una sierra mecánica, pero cuando vio que no podía enchufarla (nos encontrábamos en medio de un bosque y los postes eléctricos estaban demasiado lejos), sacó un cuchillo grande, una pistola y un hacha.

Hizo papilla a mis padres antes de que tuvieran tiempo de decir *¡uf!* Yo no vi nada, porque me había subido a un árbol y tenía los ojos cerrados. Como cada vez que pasa alguna cosa en la televisión, mamá y papá, a coro:

–Cierra los ojos, Lili.

Sin embargo, cuando cierro los ojos sigo escuchando los sonidos y todos esos ruidos que me envuelven, y pienso que sería mejor abrir los ojos.

Cerré los ojos.

Cuando se acabaron los ruidos, me bajé del árbol y caminé y caminé, hasta dar con la autopista. Seguí a los coches hasta el área de descanso, donde me quedé.

–Traumatizada –dirá la policía–. ¿Pero dónde está el bosque?

–Traumatizada –asegurará el psicólogo–. ¡Se darán ustedes cuenta de que no está en situación de localizarlo!

Concluirán que el asesino se marchó con el coche.

El único problema es, precisamente, el coche.

Sé muy bien que la policía acaba encontrando siempre un coche por su matrícula. Resultado: en un santiamén darán con mis padres, dentro o no muy lejos. Bien vivos.

Podría enviarles otra postal:

Cambiad las placas de la matrícula.
La policía os está buscando
por haberme asesinado...
Muchos recuerdos.
Vuestra Lili, que os quiere bien.

Aunque esos idiotas se irán pitando a la comisaría a decir que no me han asesinado y: «¿Qué más ibas a contarles, Lili?».

El psicólogo declarará que, de todas formas, la niña es un perverso polimorfo.

Me lo dijeron a mí: bueno, a papá y a mamá, delante de mí. Porque después de haberme arrastrado a casa, harta de médicos y hospitales para saber por qué vomitaba tan a menudo, después de montones de análisis y revisiones que decían que me portaba como un cielo, mamá me llevó a ver a un psicólogo.

No es que pensara que yo estaba loca; temía que yo pudiera estar enferma y que nos pusiéramos igual todos, puesto que vivíamos juntos, ellos y yo.

El psicólogo aconsejó una psicoterapia, puesto que me encontraba desequilibrada, ansiosa y frágil. Tuve suerte: no podía darme más citas y me envió a una de sus colegas. Aquella me dejó libre después de tres sesiones, pues me juzgaba equilibrada, inteligente y sana como una manzana. Propuso una psicoterapia para mis padres. Pero ellos respondieron que no merecía la pena, puesto que yo estaba bien.

Entonces, nada de postales. Nada de denunciar la desaparición de los padres a la policía.

Es demasiado complicado. Demasiado.

Martes 21, por la mañana

El perro volvió ayer por la noche. Primero lo vi al final del pasillo. Ya no parecía tan orgulloso.

No me gusta cuando tiene esa actitud, cuando parece llevar el mundo entero sobre su espinazo, el mundo entero que hace que se hunda su espinazo. Incluso se ha olvidado de bailar sobre sus patas para demostrarle a la señora Simao que pone buen cuidado en no ensuciar las baldosas.

Se acercó despacio, las orejas gachas.

—¿Estás preocupado, perro?

Creo que tiene problemas, sobre todo para alimentarse. Al otro lado les gustan menos los perros.

No dije nada más. Sé que conmigo puede comer hasta la saciedad y evitar algunas patadas en el vientre.

Miércoles 22

El perro jamás ha hablado. He mentido.

Jueves, 23 de agosto

Jamás ha hablado, pero estaban sus ojos.

Sus bondadosos, grandes, profundos ojos de perro, y castaños.

Queridos padres, resulta duro no quereros ya.

Puede que mañana vuelva a quererlos. El mes toca a su fin. Mi cuaderno también.

Viernes, 24 de agosto

¡Lo que son los remordimientos! Mira por dónde, vienen dos días antes de lo previsto.

Su coche está en el aparcamiento del otro lado. Aún no los he visto. Tienen que dar la vuelta para buscarme; pasar de un lado a otro, como en las estaciones cuando no encuentras las taquillas de la consigna.

Más allá de los guardacarriles metálicos que bordean la autopista, grandes campos se extienden hasta el horizonte. Ni los había mirado antes de hoy; yo me había quedado dentro del cercado, en la taquilla donde ellos me depositaron. Estaba esperando.

Sí, os estaba esperando, porque creía que era demasiado pequeña para no tener a nadie en mi vida, a nadie que fuese responsable de mí. Ahora ya soy responsable.

El mundo será semejante a mis sueños, un mundo sin perros como el perro, sin gente como vosotros.

Grandes campos se extienden hasta el horizonte. Muy lejos, distingo un campanario y los tejados de un pueblo que parece auténtico, papá.

Es allí hacia donde me marcho. Puede que encuentre al perro, errante. Puede que haya reflexionado.

Ante todo, nada de despedidas. Después de regresar a nuestro lado, se puso a aullarle a la luna llena, y la luna no le respondió.

Sus orejas aún buscan captar los ruidos más allá del mundo. Sus costados están hundidos. Ya no se duerme sin gemir, sin agitarse en sus pesadillas. Y yo observo cómo se deja consumir por la pena, como por una plaga.

Entre los campos oiré, de repente, ruido de zancadas, jadeos. Me daré la vuelta y veré su gran cuerpo negro brincando por encima del trigo, su gran cuerpo lleno de vida y más fuerte que el viento que agita las espigas hinchadas a merced de sus caprichos.

La playa

—¡LILI! ¡Hola, Lili!

Cuando gritaron tres o cuatro veces su nombre, Lili levantó la cabeza y sus oscuros ojos parecieron regresar de muy lejos antes de fijarlos en la orilla; en fin, esto era lo que estaba sucediendo una tarde de agosto: la franja ininterrumpida de cuerpos casi desnudos que se agitaban entre el límite de las olas y de la mullida arena.

Los cuerpos estaban colorados, bronceados, tras más de tres semanas. No obstante, quedaban poco elegantes, torpes, como animales apenas desarrollados. Entre todos los brazos que se movían, entre los rostros fruncidos bajo el sol, entre todas las bocas multiplicadas, a cual más chillona, Lili se negaba a buscar a los que la llamaban a ella.

Sin embargo, volvió a tapar su bolígrafo y colocó con cuidado dentro de una mochila de tela el gran cuaderno que había dejado una impronta blanca sobre sus rodillas.

Una vez escondido el cuaderno al abrigo de la tela, Lili dejó que el mundo volviese a surgir. El mundo que la rodeaba con sus ruidos, sus olores, sus colores, su tacto de arena caliente, su regusto de generoso sol.

El mundo se desplegó, y el agudo griterío de la playa, y el azúcar de los malvaviscos abandonados en su ganga de arena parda, y los botes de metal vacíos.

Un cuerpo se dejó caer sobre la esterilla de paja de arroz desplegada cerca de Lili. Lo siguió otro cuerpo, al otro lado de Lili, sobre otra paja de arroz.

–¿Estás bien, cariño?

Una mano femenina acarició sus cabellos castaños.

–Sí –dijo Lili.

–¿No te vas a bañar?

–No tengo ganas.

–Sinceramente –intervino la voz de su padre, a la izquierda–, ¡pasarte un mes entero en el mar sin meterte ni una vez en el agua! ¡Quedarte encerrada en el exiguo estudio o limitarte a los dos metros cuadrados que tenemos derecho a ocupar en la playa! ¡Si no vas a bañarte ni a jugar, no sé para qué te hemos traído aquí!

–Déjalo –dijo con suavidad la madre, con voz conciliadora.

Se hizo entre ellos un silencio bastante largo, un silencio de singular calidad, ya que se oían las conversaciones de los vecinos. Silencio, a pesar de todo.

–¡Déjalo! –gritó otra madre treinta centímetros más allá, dándole un cachete en la mano a un bebé que había cogido una porquería de la arena.

–Déjalo... –refunfuñó un hombre, cansado de que su mujer lo embadurnara por milésima vez de crema solar.

–¡La correa! –chilló un adolescente viendo cómo se escapaba su perro a toda velocidad.

Lili volvió la cabeza hacia su madre echada boca abajo, los párpados medio cerrados.

La voz maternal prosiguió, igual de dulce y comprensiva:

–Nuestra Lili está muy ocupada este mes. ¿No es así, Lili?

Ante el silencio de Lili, continuó:

–¡Nuestra Lili está escribiendo! ¿No es así, Lili? Escribir es muy absorbente...

Silencio de nuevo.

–¿Estás redactando tu diario, cariño?

Lili apenas tuvo tiempo de sobresaltarse.

–¡No hace falta un diario cuando no se hace nada! –replicó el padre–. ¡En un diario íntimo se cuenta lo que se hace!

–Mira que eres burro. También se cuenta lo que uno siente, lo que piensa... ¿Lili?

–...

–¿O nos estás escribiendo un cuento? –planteó la madre.

–¿Un cuento para caerse de sueño? –se adelantó el padre, satisfecho de su juego de palabras.

–¿Un cuento para mil y una noches? –insistió la madre.

–¿Un cuento al revés?

Ahora reían los dos.

–¿O un ajuste de cuentas? –intervino con lentitud la madre, con la voz amodorrada.

Aún no había abierto los ojos.

Lili continuaba mirándola, un poco alelada, el corazón palpitante.

Y la playa continuaba con los murmullos de su aglomeración.

El mar mecía sus olas saladas.

El regreso

LA familia abandonaba la costa al día siguiente.

–¡Saldremos el sábado, a las seis en punto, con la fresca! –había dicho el padre unos días antes.

Cuando comenzaron a moverse por el minúsculo estudio a las cuatro de la mañana, en el edificio ya resonaban los ruidos del amanecer. Muchos veraneantes cogerían la carretera ese día. Con la fresca.

El primer gesto de Lili al despertar fue deslizar la mano debajo de su almohada. Sus dedos calientes, algo entumecidos por el sueño, encontraron el dorso de tela; luego, la suave cubierta plastificada del cuaderno. En su sitio.

En el baño estaba funcionando la ducha. De la cocina llegaban ruidos de tazas y olor a café.

La cama de los padres ya estaba plegada en el sofá con el fin de poder circular y completar el equipaje. De noche, entre el canapé transformado en cama y el colchón extra instalado encima del suelo de baldosas, era imposible dar un paso por la habitación. La mesa y las sillas necesarias para comer también habían sido plegadas y colocadas en los rincones.

Era de noche.

No había ninguna luz encendida en el dormitorio-salón-comedor, pero las tenues luces indirectas, cruzadas –la de la cocina, pálida; amarillenta la del baño filtrándose por la puerta entreabierta–, revelaban tanto la forma de los muebles como el desorden de ropas y demás efectos, junto a tres maletas que estaban abiertas y vacías encima del sofá.

Tranquilizada por los ruidos familiares y la presencia de las maletas aún vacías, Lili se estiró y quedó tendida boca arriba, los ojos fijos sobre el techo.

El asunto que le había impedido encontrar el sueño aquella noche aún la atormentaba, exigiendo una respuesta: ¿pondría o no la palabra «fin» al pie de la última página del cuaderno, que en el espacio de tres semanas había llenado con su escritura redonda? Su auténtica historia falsa.

El relato inventado le gustaba bastante, y, gracias a él, el verano en familia, el verano superpoblado, el verano asfixiante, verano al fin, había pasado.

¿Había llegado la hora de poner la palabra «fin»?

En el fondo, Lili deseaba que la historia terminara. Releer ciertos pasajes la entristecía, como si a veces las palabras, las frases hubiesen corrido o volado más deprisa que su pensamiento, más deprisa que su voluntad; hubieran corrido con toda la rapidez de sus delgadas y nerviosas piernas, articulando los pálidos trazos de color malva. Hubieran corrido por delante de la realidad.

Y allí tenía Lili, bajo la tibia almohada, páginas de aspecto algo monstruoso... ¿Cómo había podido brotar, entre las tranquilas líneas, entre las blancas páginas estriadas de malva y rosa pálido, aquella historia llena de inquietud, de incertidumbre, de soledad? ¿Y por qué, cuando lo pensaba, aquellas palabras la ligaban aún más a su precioso aunque doloroso fardo de tinta y papel? Apartando con el pie la sábana que la cubría, Lili se decidió.

Escribió «Fin». El cuaderno sería aparcado, olvidado. Tal vez lo tirara.

Fin de un diario estival inventado. La vida comenzaría de nuevo, más allá de este curioso e insignificante paréntesis.

El agua de la ducha cesó de correr en el cuarto de baño. La cafetera eléctrica soltó sus últimas flatulencias, eructó sus últimos hipos, ruidos familiares, tranquilizadores. Siempre.

Sin embargo...

Lili se irguió bruscamente sobre su colchón. Algo no marchaba bien: estaba segura antes incluso de identificar su confuso origen.

No había nadie canturreando o refunfuñando en el baño ni en la cocina. Esa mañana, ninguna mano torpe se entrechocaba con las tazas ni cerraba de golpe la puerta de la nevera. Era como si le hubiesen colocado una sordina a los ruidos cotidianos.

El agua del baño y el café eran exactamente los mismos de siempre. Pero todos los gestos humanos se ejecutaban de forma avara y lenta, de forma medida, muy discreta.

Demasiado discreta, para ser razonables.

Lili se levantó, muy inquieta.

Desde luego, allí estaban las maletas, los padres también, a la fuerza. ¿Pero qué significaba su silencio, su repentina parsimonia de movimientos? ¿Una discusión? ¿Un drama? ¿Un disgusto?

«Alguien se ha muerto –pensó Lili–. O alguien se va a morir».

Aunque también se dijo que no había teléfono en el estudio, que el cartero aún no había pasado. No podía haber llegado ninguna noticia dolorosa durante la noche y anidar en el confortable hogar. «Una discusión –concluyó Lili–. Puede que dentro de un momento la voz de papá exclame "¡Venecia!" desde el cuarto de baño, y el rostro de mamá asome por la puerta de la cocina; sonriendo para borrar la hinchazón de los ojos, la expresión tensa, el rostro envejecido bajo un reciente bronceado».

Lili esperó. No sucedió nada.

Dio un paso hacia la cocina, pero cambió de parecer y, sin hacer ruido ella también, empezó a deshacer su cama y apartó el colchón colocándolo en vertical contra la pared.

Luego dejó caer los brazos.

Nadie salía del baño ni de la cocina, donde ella no se atrevía a entrar. Las presencias silenciosas, invisibles, se volvieron inquietantes.

Las baldosas estaban frías bajo sus pies desnudos. Miró a su alrededor. Al ver sus ropas apiladas a un lado del canapé, decidió guardarlas en la más pequeña de las tres maletas, cuidadosamente, con sus libros y su estuche. No faltaba más que el cepillo de dientes. Cerraría la maleta cuando se hubiese duchado. Había introducido el cuaderno en la mochila de tela que siempre guardaba consigo, su valioso equipaje.

Había colocado a su lado unas bermudas, una camiseta, unas bragas y sus sandalias.

En la cocina, el agua corría sobre el revestimiento metálico del fregadero. Estaban enjuagando una taza. Acto seguido, ante el silencio que apenas enturbiaba la agitación de un trapo, Lili supuso que su madre estaría secando la taza. Se abrió la puerta del armario, la taza chocó contra un platillo, la puerta se cerró de golpe.

Con el oído atento a aquellos ruidos, tras cuya apariencia banal ella trataba de descifrar su extrañeza, Lili reunió todo su coraje y franqueó el umbral de la cocina.

Su madre le daba la espalda, ya lista, vestida, peinada. Sin duda se había percatado de que ya no estaba sola. Se dio rápidamente la vuelta.

Jamás le había visto Lili aquella cara, descompuesta, agotada, pálida a pesar del bronceado, a la que el brillo violento de las pupilas y el pliegue de amargura de la boca brindaban una expresión inquietante.

Lili se encontraba como paralizada.

–Buen... buenos días, mamá –balbuceó.

El pesado silencio que siguió parecía afianzar aún más las facciones hostiles de la madre.

–Tú no... ¿No queda leche? –preguntó Lili.

Al contrario que otras mañanas, no vio el cuenco humeante encima de la mesa ni las dos rebanadas de pan.

La respuesta cayó brusca, áspera:

–Puesto que eres tan mayor, puesto que ya no necesitas de nosotros, prepárate tú el desayuno.

Dicho lo cual, la madre salió de la cocina sin dirigir una mirada a Lili, ni ninguna otra palabra.

De repente, Lili lo comprendió todo.

Comprendió que se había traicionado, que la habían traicionado, que ella había traicionado.

Pese a que ya no le apetecía, se puso a calentar la leche con el fin de quedarse un rato más en la cocina, con el fin de retener, durante unos instantes, las migajas, los vestigios de la vida normal, de la vida de antes.

Antes del cuaderno.

Se sobresaltó cuando su padre entró en la cocina, recién afeitado, perfumado, los cabellos mojados.

–Qué, aspirante a escritora, ¿no coges la pluma para escribir horrores?

Su mirada pasó por encima de Lili como si no la viera aunque se estaba dirigiendo a ella, como si no estuviese allí. Fue a servirse un gran cuenco de café.

–Y no hablo de tu falta de cortesía, de tus mentiras. ¿Quién te ha enseñado a escribir esas cosas tan despreciables? ¿Esas dife... esas difa... esas... difamaciones?

–¡Has leído mi cuaderno! –resopló Lili.

Fue la madre quien respondió desde el dormitorio-salón-comedor.

–¡Qué suerte! ¡Preferiría saber que tengo un bicho, una chinche bajo mi techo!

Volvió a la cocina para clavar sobre su hija no solo la mirada que suele reservarse para un perfecto extraño, sino una acusadora, la que suele posarse sobre los traidores.

La madre escrutaba a aquel monstruo que había criado y calentado en su seno, que la juzgaba tan terroríficamente al final del largo camino (subterráneo, secreto y misterioso) del desamor.

El juicio a Lili se desarrolló durante más de seiscientos kilómetros y más de diez horas, puesto que numerosos veraneantes habían optado por salir «con la fresca» y el túnel de Fourvière puso a prueba, como de ordinario, los problemas de digestión.

Lili no pronunció una sola palabra.

Sus padres, alternativamente procuradores, jueces, jurados, acusación civil y testigos, se encargaban de hacerlo en su lugar.

Así pues, Lili estaba callada.

Sin embargo, en la parte delantera del coche gritaban, lloraban y se desarrollaban largos monólogos sobre la ingratitud, la hipocresía, la cobardía.

Lili permanecía en silencio.

Había previsto, imaginado como un juego, el derrumbamiento de su mundo, y he aquí que su mundo se estaba derrumbando.

Lili continuaba en silencio.

Porque tenía doce años, y es horrible causar tanta pena y desastres con doce años.

Lili permanecía en silencio porque no tenía ya nada que decir, como si ese cuaderno, en el que ella se había sumergido cada día, le hubiese arrebatado para siempre toda la tranquilidad y el consuelo, y la hubiese hecho crecer muy deprisa –¿demasiado deprisa?–, pero crecer.

Mientras delante continuaba el juicio, Lili reflexionó, reflexionó mucho tiempo. Por fin, se dijo que doce años era una buena edad para crecer, para madurar mucho.

—Resumamos –propuso el gendarme Boudu.

Su mano fue a posarse en la cumbre de su cráneo; vaciló, como asombrado aún de no encontrar el sedoso revoltijo de cabellos que, desde ya hacía veinte años, le habían dejado la cabeza calva.

Boudu bajó furtivamente sus ojos claros, extrañamente dulces, sobre el bloc en el que había escrito algunas notas.

La historia estaba un poquito embarullada.

–Entonces llegaron ustedes al área de descanso el sábado 25 de agosto, es decir, anteayer, a eso de las 16.00 horas.

Frente a él, los dos rostros anegados en lágrimas asintieron al unísono.

–Venían ustedes de la costa y regresaban a la región parisina.

Nuevo meneo de ambas cabezas. La mujer añadió un sorbido de mocos y se llevó un pañuelo a la nariz enrojecida.

–Luego... estacionaron en el aparcamiento, no muy lejos de las máquinas recreativas, me han dicho, y los tres pasajeros se bajaron del coche... No insisto en los detalles: alivio de necesidades, parada en la cafetería, el caballero compra un periódico, etcétera.

–Un semanario –precisa el caballero.

El gendarme Boudu le lanzó una mirada cansada.

–Como usted quiera –murmuró.

Se demoró un instante en la contemplación de su bloc de papel, como si esperara ver surgir una luz, un destello que lo arrancase de aquella laboriosa recapitulación.

Bien fuese porque tuviera salsa blanca en lugar de meninges, bien porque la pareja no le estaba contando toda la verdad, prosiguió:

–Fue entonces, según han declarado, cuando constataron la desaparición de su hija.

La mujer vaciló antes de asentir.

–¡Exactamente! –exclamó el marido con un entusiasmo algo excesivo.

–La estuvieron buscando...

–¡Una hora! –apuntó el hombre.

–¡Dos horas y diez! –corrigió la mujer–. Eran casi las seis cuando nos marchamos de nuevo.

–Justamente –replicó Boudu–. Eso es lo que me inquieta. ¿Por qué se marcharon ustedes?

–¡Para buscarla! –exclamaron a coro.

–¡Buscarla! ¡Buscarla! –repitió el gendarme–. Era en el área de descanso donde tenían que buscarla, porque fue allí donde desapareció.

Avergonzados, ambos padres bajaron la cabeza.

–Sí, pero... –farfulló la mujer–. Pensamos... pensamos... que tal vez la encontraríamos en un pueblo de los alrededores...

–Extraña idea –subrayó Boudu–. Hay un buen trecho hasta el primer pueblo, incluso atajando a través de los campos.

–Salvo si se marchó inmediatamente después de nuestra llegada –se adelantó el padre–. Como nosotros la estuvimos buscando durante más de dos horas, podría haber tenido tiempo de sobra de llegar al pueblo...

–Escuche –interrumpió el gendarme–. Si estoy en lo cierto, no están pensando ustedes en una simple desaparición, sino en una especie de... de... desaparición voluntaria... Dicho de otra manera, ¿una fuga?

La madre se sobresaltó, se sonrojó. Boudu la estaba mirando.

–¿Qué cosa les hace creer que podría haberse fugado? –preguntó con suavidad.

Silencio.

–Me han dicho ustedes que tan solo tiene doce años...

El padre dijo que sí con la cabeza.

–También puede tratarse de un secuestro –sugirió lentamente Boudu.

La madre se puso a sollozar. El marido posó una mano sobre su hombro. Boudu aspiró una gran bocanada de aire.

–Vayamos a lo principal...

Se tomó su tiempo, dejó vagar su mirada pálida por la anticuada comisaría. Muy pronto solicitaría el traslado, antes de su jubilación. No le apetecía terminar su carrera en un sector que incluía un área de descanso de autopista. Aquella población migratoria y numerosa se permitía todos los excesos.

El mes pasado, sus hombres y él habían tenido que ir a buscar a una viejecita a quien su familia había abandonado mientras ella iba a los lavabos. Y en esos casos era imposible encontrar a los propietarios, es decir, a la familia.

La anciana, desconcertada, fue incapaz de dar la dirección de sus hijos. Repetía sin cesar un nombre de pila, el de su hijo, y hablaba con un marido difunto.

Además, estaba convencida de que la habían llevado al Club Mediterráneo. Todo normal, si no hubiese tomado a los gendarmes por amables animadores disfrazados.

Como no sabían dónde meterla, había aterrizado en el hospital de Dijon y, a pesar de los anuncios en la prensa local y nacional, nadie había venido a buscarla.

Evidentemente, no llevaba encima documentos, ni siquiera un collar (como los perros, a veces).

Ahora, una chiquilla.

El gendarme Boudu suspiró de nuevo.

–Han dejado pasar ustedes cuarenta y ocho horas antes de denunciar la desaparición de la niña. ¿Por qué?

Ambos padres se sentían atrapados bajo la apacible mirada inquisitiva.

–Ya... ya se lo hemos dicho. ¡La estábamos buscando!

–¡Pero bueno, francamente! –explotó Boudu–. Uno no se pone a buscar solo a su hija durante cuarenta y ocho horas. ¿Se imaginan lo que le puede pasar durante ese tiempo?

La madre sollozó aún más y mejor.

–¡Oh! ¡Encuéntrela, señor, se lo suplico! ¡Encuentre a nuestra Lili!

Ante semejante profusión de angustia maternal, el gendarme Boudu prefirió reservarse su opinión.

Aquella gente ocultaba algo extraño.

–Volvamos a la hipótesis de la fuga...

Los primeros elementos de la investigación vinieron a poner en su sitio las afirmaciones de los padres: informaciones recogidas en los pueblos de los alrededores demostraron que la pareja no había aparecido por allí (en un pueblo todo se sabe, o casi todo), que ni el hombre ni la mujer habían interrogado a nadie para saber si habían visto pasar a una niña pequeña. Lo que anulaba las cuarenta y ocho horas de pretendidas búsquedas.

En cambio, un detalle nada despreciable: la tendera del pueblo más próximo al área de descanso declaró haber visto a una niña pequeña cruzando la calle Mayor el sábado, a última hora de la tarde.

Lo recordaba bien, eran las siete y se preguntó adónde se dirigiría tan sola aquella niña. Y la cría –con bermudas de color rojo, camiseta verde oscuro y una mochila de tela en bandolera– caminaba sin aparente fatiga, los ojos fijos al frente, como sabiendo adónde iba.

«¡Como sabiendo adónde iba!», había repetido varias veces la testigo. No todos los días el pueblo amodorrado veía pasar a una pequeña viajera a paso firme que, además, no preguntaba nada a nadie.

Otro detalle había intrigado a la tendera. Cuando la chiquilla puso el pie en la acera, un perro ladró, sin duda el de la granja Trochu, que nunca se queda tranquilo más de cinco minutos.

La niña se dio la vuelta rápidamente y gritó: «¡Perro!». Sus ojos permanecieron fijos por un momento en el otro extremo de la calle, y prosiguió su camino.

El segundo contratiempo fue que los tres gendarmes que se encargaron de preguntar en el área de descanso de la autopista, regresaron con informaciones sorprendentes.

La tarde del sábado nadie había sido informado acerca de la presunta desaparición de una niña pequeña.

–¡Piensen que aquí estamos acostumbrados, y que la noticia habría circulado por los comercios! –había dicho la estanquera–. A menudo se extravía un chiquillo, como en los grandes almacenes, pero siempre se le encuentra a los cinco minutos. ¡Lo más normal es que se haya confundido de lado!

En ese momento (había anotado el gendarme en su informe, pues era un gendarme muy meticuloso, que no descuidaba nada), la estanquera se quedó callada, movió la cabeza a la derecha y a la izquierda, buscando con sus ojos maquillados y apagados el largo pasillo que pasaba por encima de los ocho carriles de asfalto, escrutando la entrada de las dos cafeterías análogas, de una parte a otra de esa especie de puente.

–Claro, es verdad... –murmuró.

El asombro enronqueció una voz en la que vibraba una pizca de inquietud.

–¿En qué se puede distinguir un lado del otro... si no se es de aquí?

Se fue recobrando y pareció acordarse de la presencia del gendarme que la estaba interrogando.

–Dese cuenta de que nadie es de aquí. Excepto yo. Pero yo ya estoy habituada. Basta con que me acuerde de que hay que girar a la derecha después de haber bajado la persiana metálica.

El gendarme se marchó, confundiéndose de lado. Lo salvó su colega.

–¡Eh! ¡Ven a echar un vistazo!

Había vuelto la cabeza, luego los talones. El colega se había puesto en cuclillas a la altura de las jardineras con flores de plástico que flanqueaban la entrada al restaurante.

Ante sus pies, ya había depositado el fruto de sus investigaciones en los meandros de la planta artificial: colillas, chicles y un montón porquerías no identificables.

Aquel botín no le interesaba. Su mano vacilante fue a aferrarse a un objeto plano, liso, bastante grande. Tiró de él.

Era un cuaderno más bien grueso con el dorso de tela violeta, las tapas plastificadas. Un cuaderno con las páginas cubiertas de una escritura infantil redondeada.

La primera hoja estaba en blanco, tanto el anverso como el reverso, algo propio de niños cuidadosos.

En la parte de arriba de la tercera página había una fecha escrita, correctamente subrayada; aunque se adivinaba por dos minúsculas inflexiones que la raya no había sido trazada con regla.

Martes, 31 de julio

Desde que llegamos ayer, los encontré extraños...

LA gendarmería no marchaba del todo con su ritmo habitual, apacible y rutinario. Se percibía una crisis, una depresión, un drama.

A un lado del despacho estaba sentado el gendarme Boudu, los codos apoyados sobre su carpeta, las manos juntas. Al otro lado, los padres de la pequeña Lili.

Entre ellos, en medio del escritorio, se hallaba el cuaderno con el lomo de tela violeta. Boudu se había pasado la mitad de la noche leyéndolo, releyéndolo, para estar seguro de comprenderlo bien. Al final de la mañana, había convocado a los padres alojados en el albergue de la villa.

Desde su entrada en el despacho, al ver el cuaderno violeta, la madre había tenido una crisis de nervios. El padre se había puesto muy pálido. Entonces, el gendarme pidió un vaso de agua para la mujer, y luego mandó cerrar la puerta del despacho con el fin de quedarse a solas con la pareja.

Para Boudu, esta era la última vez que aquella puerta se cerraría por orden suya. Mañana, ya estaba decidido, dimitiría. Se contentaría con un retiro parco, cultivaría su jardín, destilaría su aguardiente de ciruelas y, ante todo, se dedicaría a la fotografía; siempre había tenido ganas de hacerlo. Fotos de celebraciones, cuando la gente está feliz o al menos dan esa impresión. En los más de treinta años de carrera, el gendarme Boudu había terminado por preferir los rostros sobre papel –mate o con brillo, negro y blanco o color– a aquellos que había visto desfilar, extraviados, asustadizos, descompuestos, rostros que se descomponían, se recomponían. Toda la humanidad en el pliegue torcido de una boca, en una mirada huidiza.

Deseaba verlos tan solo sobre papel brillante. Cuando posan. Los únicos instantes de su vida en los que están presentables.

En esto estaba pensando mientras dirigía sin miramientos el interrogatorio de rigor.

–Este cuaderno... ¿Y si hubiesen abandonado ustedes a su hija el treinta de julio pasado?...

Frente a él, una sucesión de gritos, protestas y justificaciones a los que apenas prestaba atención.

El padre expandió el torso para demostrar que mantenía la cabeza en su sitio ante la adversidad; la madre se dejó caer casi hasta el suelo, sobre el parqué blanquecino a fuerza de fregarlo con lejía.

Vendría bien la lejía, pensaba Boudu, para hacerlo desaparecer todo.

–¡También podrían haberla... asesinado!

–¡Está usted loco! –aulló la mujer.

–¡Ya vale, vale! ¡Cálmate! –gritó el marido.

Boudu dejó, tranquilo, que los gritos cesasen.

–Tienen suerte... –siguió diciendo Boudu en tono calmado–. Ninguna de las personas que trabajan en el área de descanso se llama Solange. En cambio, las dos estanqueras sí que llevan un estropajo rubio en la cabeza, como en los titulares de los telediarios, pero pasemos...

Ante la expresión aterrorizada de los padres, reprimió una sonrisa.

–Además, todos los empleados coinciden en el hecho de que ninguna niña pequeña ha estado frecuentando esos lugares durante el mes de agosto... si bien la mujer de la limpieza, quien, un punto más a favor de ustedes, no se llama señora Simao, afirma que le han sustraído una bolsa grande de basura...

El padre y la madre habían dejado definitivamente de gritar, gemir y palidecer, para oír a cuatro orejas las palabras tranquilizadoras.

–Último punto sorprendente, pero que no los excusa ni los acusa a ustedes: la tendera del pueblo que habría visto pasar a su hija afirma que la niña parecía estar buscando a un perro que la estaría siguiendo.

Boudu hizo una pausa.

–Me remito al comentario textual –concluyó–. Para su tranquilidad: he telefoneado a la gendarmería del lugar donde afirman ustedes haber pasado sus vacaciones. Mis colegas han procedido a investigar. Habrían ocupado ustedes tres el alojamiento de alquiler. Una pareja y una chiquilla cuya descripción corresponde a la que me han dado ustedes de su hija...

El ultimátum cayó en medio de un silencio en el que los suspiros de alivio del padre contradecían los últimos hipos de la madre:

–Así pues, se demuestra que su hija, por una u otra razón, se separó de ustedes el 25 de agosto, por la tarde. Dos horas más tarde, atravesaba el pueblo más próximo al área de descanso. Ahora me dirán ustedes la verdad.

Entonces, los padres, temiendo verse acusados de haber cometido fechorías más tenebrosas incluso que aquellas de las que eran culpables, pasaron a las confesiones.

–¡Se imaginará nuestra desesperación cuando encontramos este cuaderno!

–¡Ese despreciable cuaderno!

–¡Esa sarta de mentiras!

–¡Uno no se imagina lo que los niños son capaces de inventar!

El gendarme Boudu atendía.

Escuchó un buen rato, estaba siendo paciente.

–Vayamos al grano –terminó diciendo–. De acuerdo, su hija ha... inventado que ustedes la abandonaron durante el mes de agosto en un área de descanso de autopista. Ha redactado un falso diario relatando ese mes de agosto. ¿Han leído su cuaderno... a escondidas?

–¡Pues claro! ¡Tendría que haber visto cómo lo escondía!

–No se separaba de él ni un segundo.

–¡Acabamos preguntándonos qué era lo que ocultaba, para mostrarse tan desconfiada con nosotros!

–¡Sus padres!

–La noche anterior a la vuelta, se lo cogimos de debajo de la almohada...

–¡No fue por curiosidad!

–Queríamos saber, eso es todo...

–Es legítimo...

–... que los padres se preocupen de sus hijos.

Ante esta avalancha de justificaciones, Boudu apartó los ojos y preguntó:

–¿Y después?

–¡Solo quisimos darle una pequeña lección!

–¡Muy pequeña!

–Pero cuando volvimos dos horas más tarde...

–¡Desde luego, no somos monstruos!

–Es verdad que no preguntamos a nadie...

–¡No nos atrevimos!

Habían regresado a su casa en la región parisina.

–Nos dijimos que podía que estuviese ya allí.

–¡Que nos había querido jugar una mala pasada!

Luego, al no encontrar a nadie en el domicilio familiar, habían vuelto al área de descanso, antes de decidirse...

–¡Al fin! –suspiró el gendarme Boudu.

... a alertar a las autoridades.

MÁS allá de los guardacarriles metálicos que bordean la autopista, grandes campos se extienden hasta el horizonte. Ni los había mirado antes de hoy; yo me había quedado dentro del cercado, en la taquilla donde ellos me depositaron. Estaba esperando.

Sí, os estaba esperando, porque creía que era demasiado pequeña para no tener a nadie en mi vida, a nadie que fuese responsable de mí. Ahora ya soy responsable.

El mundo será semejante a mis sueños, un mundo sin perros como el perro, sin gente como vosotros.

Grandes campos se extienden hasta el horizonte. Muy lejos, distingo un campanario y los tejados de un pueblo que parece auténtico, papá.

Es allí hacia donde me marcho. Puede que encuentre al perro, errante. Puede que haya reflexionado.

Ante todo, nada de despedidas. Después de regresar a nuestro lado, se puso a aullarle a la luna llena, y la luna no le respondió.

Sus orejas aún buscan captar los ruidos más allá del mundo. Sus costados están hundidos. Ya no se duerme sin gemir, sin agitarse en sus pesadillas. Y yo observo cómo se deja consumir por la pena, como por una plaga.

Entre los campos oiré, de repente, ruido de zancadas, jadeos. Me daré la vuelta y veré su gran cuerpo negro brincando por encima del trigo, su gran cuerpo lleno de vida y más fuerte que el viento que agita las espigas hinchadas a merced de sus caprichos.

Lili

—¡LILI! ¡Eh! ¡Lili!

Sobresaltada, Lili levantó la cabeza y, de forma maquinal, dejó caer su mano izquierda en la arena, cogiendo un puñado que hizo deslizar entre sus dedos; luego la sumergió más hondo, allí donde la arena estaba un poco húmeda, más densa, más pesada. Aquella arena no se escurría entre las falanges como en la carcasa de vidrio de un reloj de arena; se desgranaba en pequeños bultos informes y desiguales.

Lili lanzó lejos los granos de color miel.

—¡Eh! ¡Lili!

Se limpió la mano en la toalla antes de tapar su bolígrafo y guardar cuidadosamente en su mochila de tela el gran cuaderno que había dejado una impronta blanca sobre sus rodillas.

Aún seguían llamándola.

A la orilla del agua, dos adultos le hacían señas.

Ella les respondió balanceando el brazo a su alrededor.

Le gritaban que fuese a reunirse con ellos.

–¡Ahora mismo! –respondió ella bien fuerte, formando una bocina con sus manos, para que la entendiesen.

No muy lejos, un gran perro negro de pelo largo dormía sobre la playa.

Estaba echado sobre el vientre, con la cabeza posada sobre sus patas delanteras, cuidadosamente colocadas una encima de la otra, y la nariz brillante; sus orejas abandonadas, cerradas momentáneamente a los ruidos del mundo, rozaban la arena, algunos de cuyos granos se le habían adherido a sus partes brillantes y húmedas tras haberse bañado antes un instante en el agua.

Lili había estado observando a diario a ese perro que jugaba o dormía cerca de sus dueños.

Se produjo un movimiento en el aire caliente, muy cerca de Lili. Levantó los ojos y vio a su madre agacharse, coger una toalla y llevársela a su cara mojada.

Los ojos reaparecieron brillantes, sonrientes.

–¿Estás bien, cariño?

Lili sacudió la cabeza. Ahora le apetecía sumergirse en el agua, dejar que las olas juguetearan con ella, sentir en sus labios el gusto de la sal y sobre su piel el frío estremecimiento que produce el mar después del peso del sol.

POR la noche, la familia fue al restaurante. Se marchaban al día siguiente.

—A las seis —dijo el padre.

—¡Con la fresca! —exclamó Lili guiñándole un ojo.

Su padre pareció sorprenderse durante un cuarto de segundo; luego se echó a reír, revolviéndole el pelo.

—¡Eso es, tú búrlate!

Lili se rió a continuación, y la madre también, aunque al poco rato a Lili empezaron a escocerle los ojos. Sin gritar «¡Cuidado!», sin prevenir, cobardemente.

Y al mismo tiempo, una gran bola se formó en su garganta al intentar engullir los últimos bocados de helado de frambuesa.

«Menos mal que estamos con los postres», pensó Lili. Porque al ritmo que la araña de la tristeza iba tejiendo su ovillo al fondo de la laringe, pronto se ahogaría.

Su padre terminó de vaciar la botella en las copas.

Habían decidido que esa noche la celebrarían un poco, la última noche.

–¿Una gota más, Lili?

Lili asintió, con los labios un poco crispados.

Dentro de poco tendría derecho a un sorbo de frescas burbujas doradas.

Mamá le había acercado su copa para hacer sonar su falso cristal contra la suya. Le siguieron una serie de leves tintineos parecidos a lejanas campanas.

Debido a la ocasión, aunque sin gustarle el sabor del brebaje, Lili aceptó otro chorrillo.

Eran las once cuando salieron del restaurante. Afuera, las drizas chasqueaban sobre los cascos metálicos de las embarcaciones de recreo que dormitaban en el puerto.

–Me gustaría salir un día en barco –comentó el padre, deteniéndose ante la superficie inclinada que brillaba en las aguas negras.

Lili tuvo la brusca impresión de que todos los ruidos de la ciudad estaban muertos. Se habían terminado el rodar de coches, el tumulto en las terrazas de los cafés, las risas de la gente que paseaba en grupos.

–Puede que lo hagamos –dijo la madre cogiendo de la mano a su marido.

–Puede que nunca –respondió él.

El sonido de su voz era bajo, pues las voces se vuelven sordas cuando se tienen fantasías. No era el simple anhelo de un paseo en barco, sino el deseo incansable de vagar lejos de tierra firme, y lejos del mundo.

Entonces, de golpe, Lili comprendió que Venecia o Bora-Bora no eran más que palabras hechas para tranquilizar a las personas mayores, para dejarlas creer en el sueño de una patria, un país, de ciudades, playas, lagunas, góndolas o palmeras, porque, a veces, en todas las gargantas la araña teje su pesado ovillo.

Era necesario soñar intensamente con lo distante, de manera distinta, para poder vivir la vida diaria con plenitud. Nada de escapadas imaginarias... sino fantasías plasmadas sobre papel, o de otro modo, para poder convencerse de que después el mundo cambiaría un poco.

Dieron algunos pasos.

Su madre siempre cogía de la mano a su padre. Se dio la vuelta, se detuvo y tendió su otra mano a Lili, que iba rezagada. Lili la tomó y sus dedos se enlazaron.

Las drizas aún chasqueaban en la brisa.

Casi habían llegado al edificio cuando su madre exclamó:

–¿Y tu mochila, Lili?

–¿Eh?

–¡La mochila de tela con tu cuaderno!

–Oh...

Lili no la llevaba. Se había quedado apoyada en el respaldo de la silla del restaurante.

–Iré a buscarla –dijo su padre.

Se marchó a pasos apresurados. Casi corría.

Lili contempló cómo se alejaba. Bordeando el puerto, aún estaría pensando en el barco en el que no viajaría.

–¿Subimos? –propuso su madre.

Cogieron el ascensor hasta el cuarto piso.

Mientras su madre desplegaba el sofá-cama, Lili se acostó de inmediato encima del colchón supletorio.

–¿Te vas a dormir tan pronto?

–*Mmmmm...*

–¿No esperas a que vuelva tu padre para estar segura de que no se ha perdido tu cuaderno? –se sorprendió su madre.

–... no se ha perdido –murmuró Lili hundiéndose en el sueño.

Aún era de noche cuando Lili abrió un ojo.

El agua de la ducha corría en el cuarto de baño. De la cocina llegaban ruidos de tazas y un olor a café.

La cama de los padres estaba plegada, las maletas abiertas depositadas en el suelo, ya llenas.

La mochila de tela descansaba en el suelo apoyada contra la puerta de entrada al estudio; era una mochila de un blanco dudoso, con sus dos correas largas abandonadas formando un delicado arabesco.

Los ruidos familiares, tranquilizadores, persistían.

Lili se estiró en su cama. Sí, los ruidos continuaban, sin reserva aparente, sin extinguirse.

Su padre estaba silbando en la ducha. Su madre refunfuñaba porque la leche se acababa de desbordar.

Lili sonrió y, de nuevo, empezaron a escocerle los ojos. Saltó sobre las baldosas, frías bajo sus desnudos pies. Rápidamente fue a buscar su mochila de tela, se la llevó a su cama, sacó del interior el cuaderno con el dorso violeta. Quiso abrirlo, cambió de parecer. Había proyectado añadir una página después de la historia del gendarme, la última:

Sábado, 25 de agosto

He mentido.

La palabra no era apropiada. No era cuestión de verdad o mentira. Tan solo había deformado con una lupa algunos recuerdos, y había cosas inventadas también, y había dejado brincar su imaginación sobre tristezas imprecisas.

El cuaderno regresó a su cobijo de tela.

Lili se levantó de nuevo y empujó la puerta de la cocina. Un gran cuenco blanco de contenido humeante estaba posado encima de la mesa. Lo enmarcaban dos rebanadas de pan con mantequilla.

—Buenos días, mamá —dijo Lili.

Su madre se volvió hacia ella, la besó en la frente.

—Come rápido. Tu padre tiene prisa por salir.

Volvió a retomar la limpieza de la placa eléctrica.

–¡Nos vamos dentro de diez minutos! –gritó su padre mientras salía del baño–. ¡Lili, a la ducha!

Se presentó en la cocina, engulló un trago de café templado.

–Encontré tu mochila. ¿La has visto?

Lili dijo «sí, gracias» antes de mojar los labios en su leche.

Su corazón latía con fuerza.

Sentía ganas de acurrucarse en los brazos de este hombre y de esta mujer que eran sus padres, de pedirles perdón por haber escrito sobre ellos semejantes cosas en un cuaderno. Unas vilezas que no eran ciertas, no exactamente; y qué más daba.

Lili comprendió que un día ella tendría su edad, tal vez su vida, heredaría el mismo mundo, o más o menos.

Una vez recibidos los golpes, las arrugas, las fracturas, ¿los haría ella suyos para tener ganas de seguir viviendo, ganas de levantarse cada mañana sin sufrir? Después, cuando le llegase el turno, ¿se llevaría ella los golpes, convencida de que es así como conviene educar a los muchachos, con el fin de que más tarde ellos mismos lleven toda una vida tejida de renuncias, de pequeñas bajezas y minúsculas grandezas, de sueños intermitentes que uno se empeña en fijar sobre papel brillante, para no perderlos del todo?

Tras engullir su leche, Lili se metió en la ducha. Cinco minutos más tarde volvió a salir, vestida. Agarró su cuaderno, se fue a abrir el cubo de la basura en la cocina.

–¿Qué estás haciendo? –le preguntó su madre.

Lili tenía la mano puesta sobre la fría asa, el cuaderno aferrado contra ella.

Levantó los ojos hacia el rostro maternal, que en aquel instante era dulce, vagamente alarmado, y mil cosas pasaron por sus ojos castaños.

–Tiro el cuaderno –afirmó con tono distante, un tono de evidencia, como si estuviese hablando de un envase ya inútil.

–¿Por qué? ¿Has estado escribiendo durante todo un mes y quieres deshacerte de él?

–...

–Puede que luego te arrepientas.

–¡Pero es que no está bien! ¡No es interesante! –replicó Lili, repentinamente encolerizada.

–Eso es lo que piensas ahora –dijo su madre.

–¡Ni siquiera sabes lo que hay dentro! –le espetó Lili.

Como un desafío. Y con ganas de abrazar hasta la asfixia a quien no había violado sus secretos.

–¿Entonces? Tú lo sabes, y es tu cuaderno –convino su madre.

El cubo de basura se volvió a cerrar con un mudo chasquido, de goma, sin engullir el objeto.

–¡Al coche! –gritó el padre desde la entrada del estudio.

Ya había bajado las maletas.

Lili sollozaba en la cocina, rodeando con sus brazos la cintura de su madre.

–¡No quiero que te mueras! –le dijo.

–Pero si no me voy a morir... –murmuró la madre.

–¡Jamás! –exclamó Lili.

Se sentía otra vez como un bebé. O al contrario, una persona muy mayor. Le daba lo mismo.

–Sí, algún día... –comenzó a decir la madre–. Pero aún queda mucho tiempo.

–¡Hay que evitar morir un poco todos los días! –imploró Lili.

–Sí... sí...

–¡Aunque sea escribiéndolo en un cuaderno para decir que será de otra manera!

–Sí... sí...

–¡Al coche! –repitió el padre.

Jamás gritaría: «¡Largad las amarras!». ¿Acaso era culpa suya? Un poco. No del todo. No solo suya.

–¡Al coche! ¡Hay que pasar por Lyon y Fourvière antes de las once! ¡Deprisa!

TE CUENTO QUE A VALÉRIE DAYRE...

... le encantan las historias sorprendentes. Construye sus relatos como si fuesen puzles entre la fantasía y la realidad. Y le encantan las novelas que te dejan pensando, «que te hacen más inteligente». Valérie explora la mente adolescente y se adentra en ella; es capaz de ponerlo todo patas arriba y, a través de sus personajes, mirar el mundo desde otro prisma. La autora de Así es la vida, Lili *te obliga a pensar y convierte la lectura en una especie de juego de ingenio.*

Valérie Dayre nació en 1958. Vive en Berry, Francia, y comparte su oficio de escritora con el de traductora. Ha publicado más de quince novelas que han sido traducidas a varios idiomas, y ha recibido por ello algunos de los más prestigiosos premios literarios.

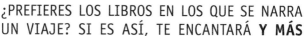

COMO HAS VISTO, LA REALIDAD NO ES SIEMPRE LO QUE PARECE. ALGO ASÍ OCURRE EN **CAFÉ SOLO**: dos adolescentes enamorados se han subido a una cornisa y todo hace pensar que quieren suicidarse...

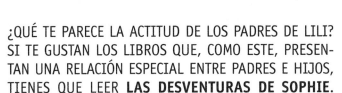

CAFÉ SOLO
Andrea Ferrari
EL BARCO DE VAPOR, SERIE ROJA, N.º 158

¿QUÉ TE PARECE LA ACTITUD DE LOS PADRES DE LILI? SI TE GUSTAN LOS LIBROS QUE, COMO ESTE, PRESENTAN UNA RELACIÓN ESPECIAL ENTRE PADRES E HIJOS, TIENES QUE LEER **LAS DESVENTURAS DE SOPHIE.**

En él, la protagonista narra a su hijo unas «peculiares» vacaciones de su infancia que marcaron su forma de ser.

LAS DESVENTURAS DE SOPHIE
Valérie Dayre
EL BARCO DE VAPOR, SERIE ROJA, N.º 173